JN142305

生かされなかった八甲田山の悲劇

伊藤薫

山と溪谷社

生かされなかった八甲田山の悲劇

生かされなかった八甲田山の悲劇

目次

人物相関図

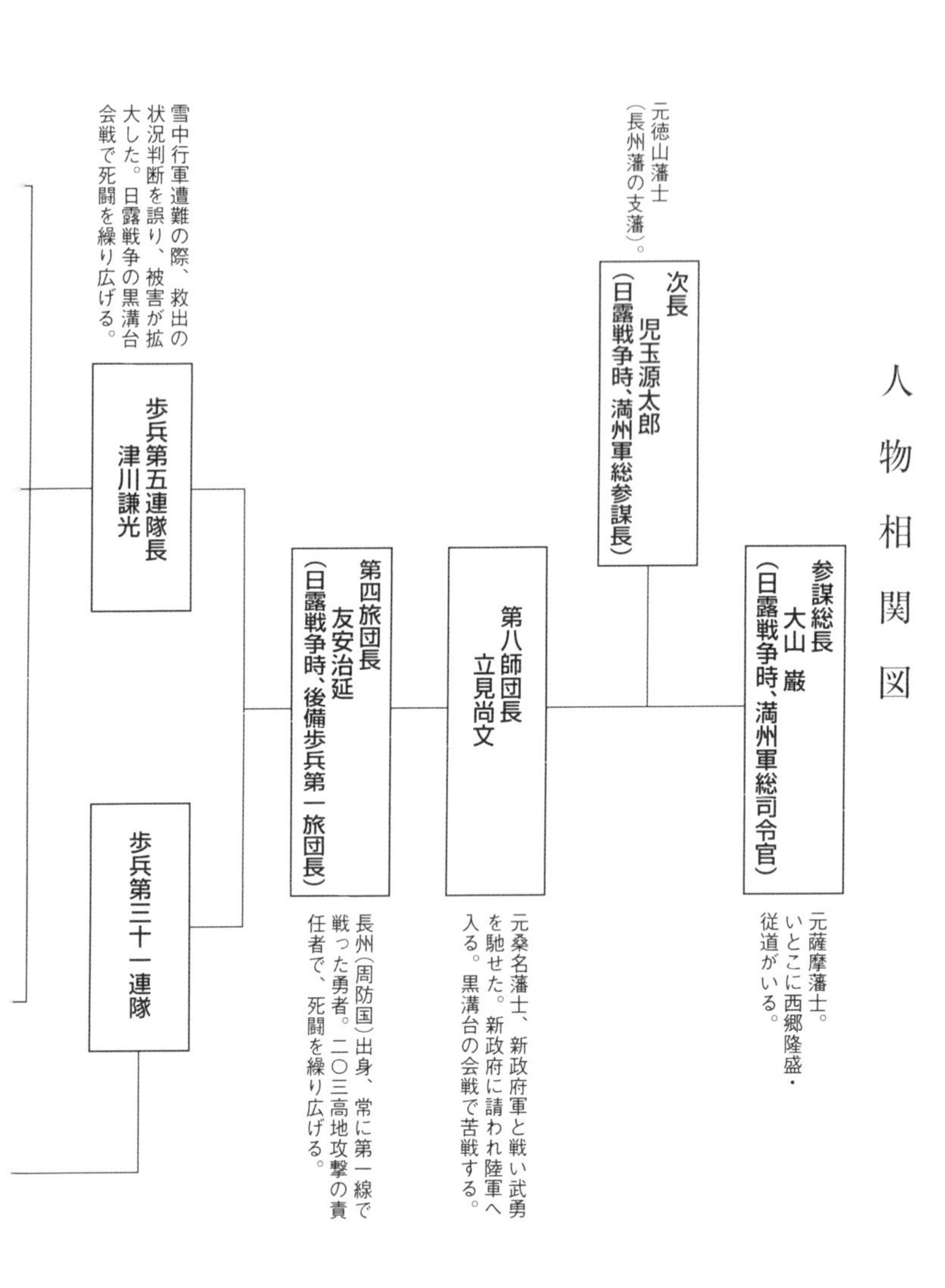
参謀総長
大山 巌
(日露戦争時、満州軍総司令官)
元薩摩藩士。いとこに西郷隆盛・従道がいる。
次長
児玉源太郎
(日露戦争時、満州軍総参謀長)
元徳山藩士(長州藩の支藩)。
第八師団長
立見尚文
元桑名藩士、新政府軍と戦い武勇を馳せた。新政府に請われ陸軍へ入る。黒溝台の会戦で苦戦する。
第四旅団長
友安治延
(日露戦争時、後備歩兵第一旅団長)
長州(周防国)出身、常に第一線で戦った勇者。二〇三高地攻撃の責任者で、死闘を繰り広げる。
歩兵第五連隊長
津川謙光
雪中行軍遭難の際、救出の状況判断を誤り、被害が拡大した。日露戦争の黒溝台会戦で死闘を繰り広げる。
歩兵第三十一連隊

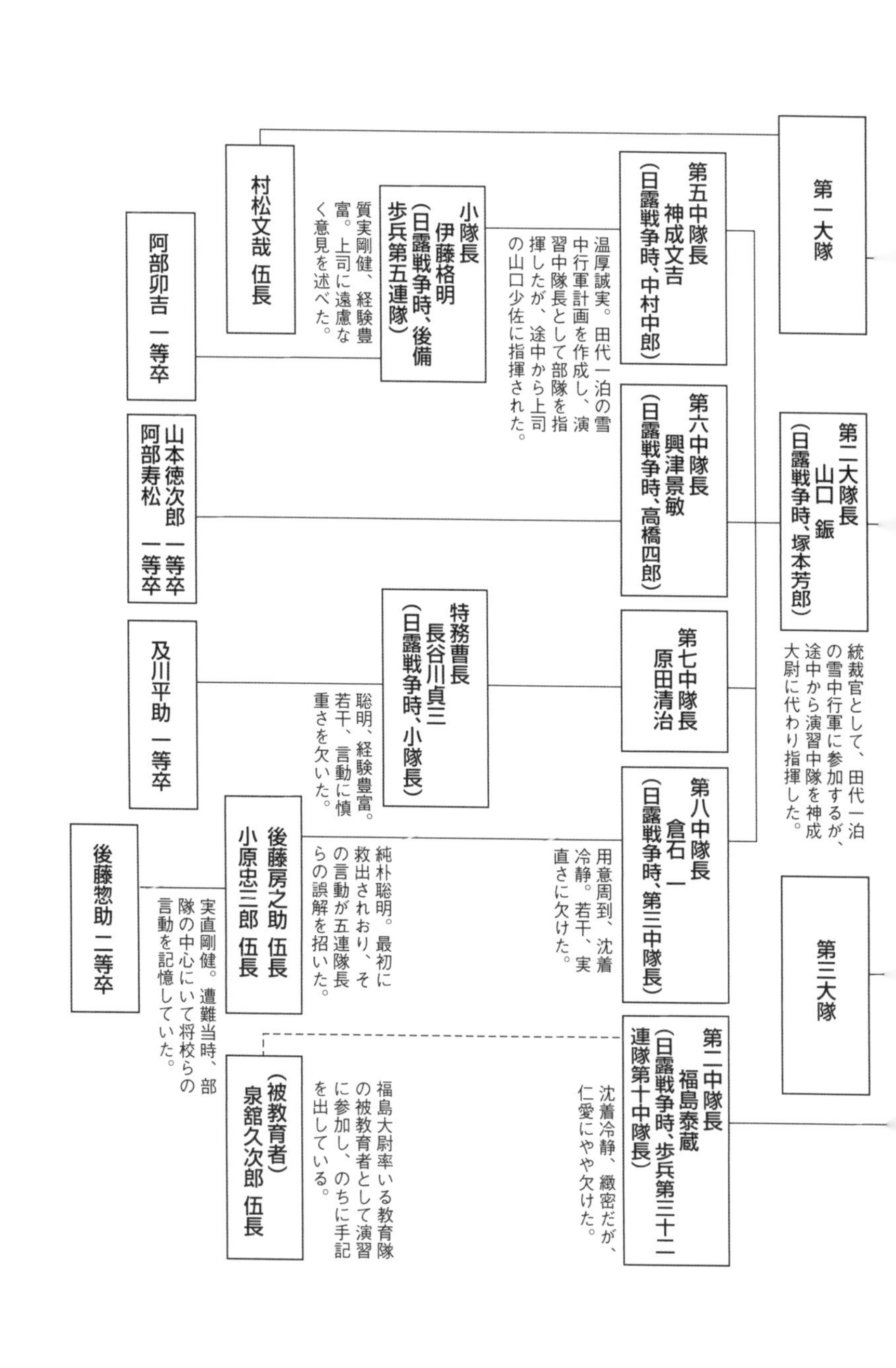

第一大隊
第二大隊長
山口 鋠
（日露戦争時、塚本芳郎）
統裁官として、田代一泊の雪中行軍に参加するが、途中から演習中隊を神成大尉に代わり指揮した。
第三大隊
第五中隊長
神成文吉
（日露戦争時、中村中郎）
温厚誠実。田代一泊の雪中行軍計画を作成し、演習中隊長として部隊を指揮したが、途中から上司の山口少佐に指揮された。
第六中隊長
興津景敏
（日露戦争時、高橋四郎）
第七中隊長
原田清治
第八中隊長
倉石 一
（日露戦争時、第三中隊長）
用意周到、沈着冷静。若干、実直さに欠けた。
第二中隊長
福島泰蔵
（日露戦争時、歩兵第三十二連隊第十中隊長）
沈着冷静、緻密だが、仁愛にやや欠けた。
村松文哉 伍長
小隊長
伊藤格明
（日露戦争時、後備歩兵第五連隊）
質実剛健、経験豊富。上司に遠慮なく意見を述べた。
特務曹長
長谷川貞三
（日露戦争時、小隊長）
聡明、経験豊富。若干、言動に慎重さを欠いた。
後藤房之助 伍長
小原忠三郎 伍長
純朴聡明。最初に救出されおり、その言動が五連隊長らの誤解を招いた。
（被教育者）
泉舘久次郎 伍長
福島大尉率いる教育隊の被教育者として演習に参加し、のちに手記を出している。
阿部卯吉 一等卒
山本徳次郎 一等卒
阿部寿松 一等卒
及川平助 一等卒
後藤惣助 二等卒
実直剛健。遭難当時、部隊の中心にいて将校らの言動を記憶していた。

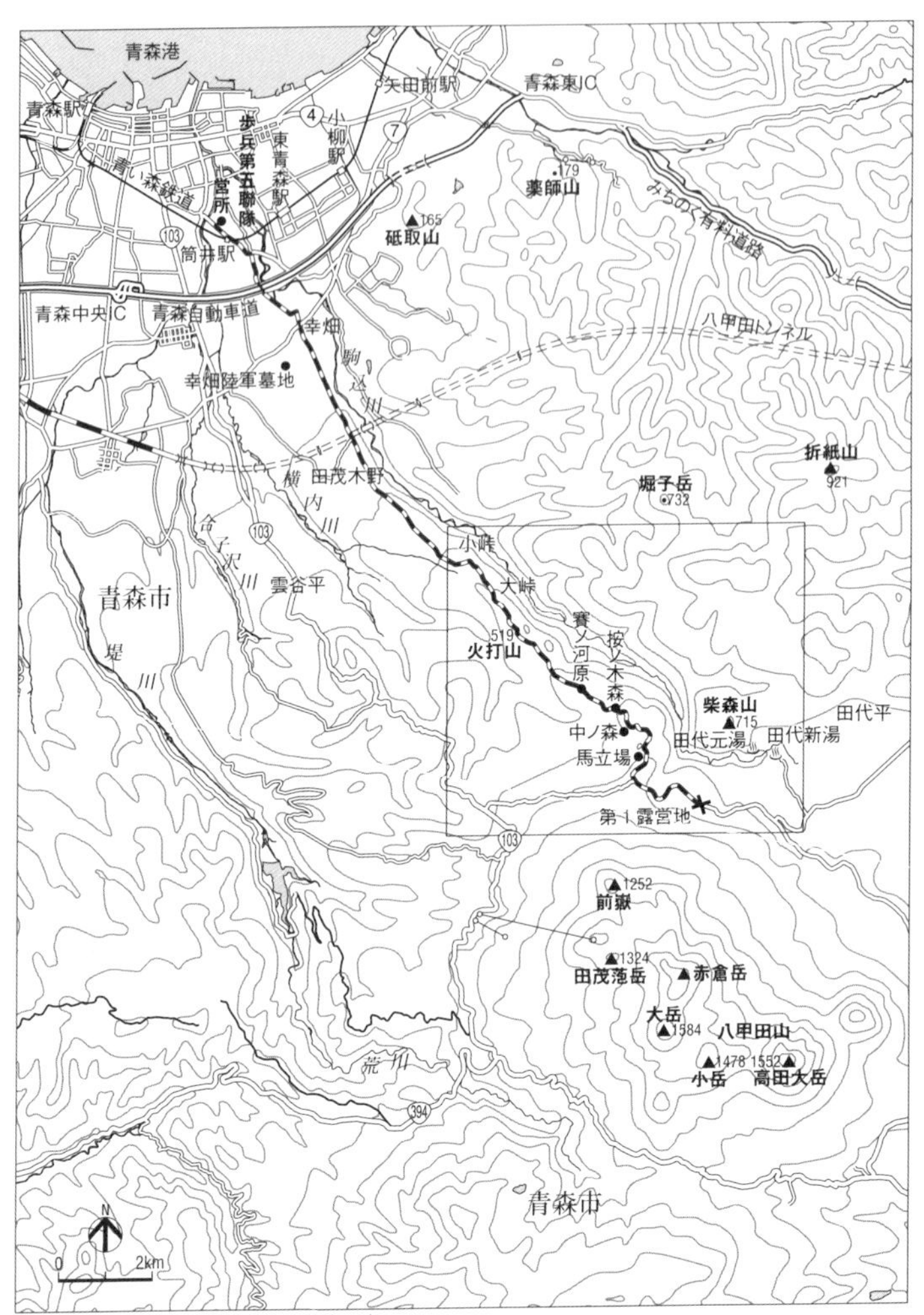

八甲田山雪中行軍ルート図（第１露営地まで）

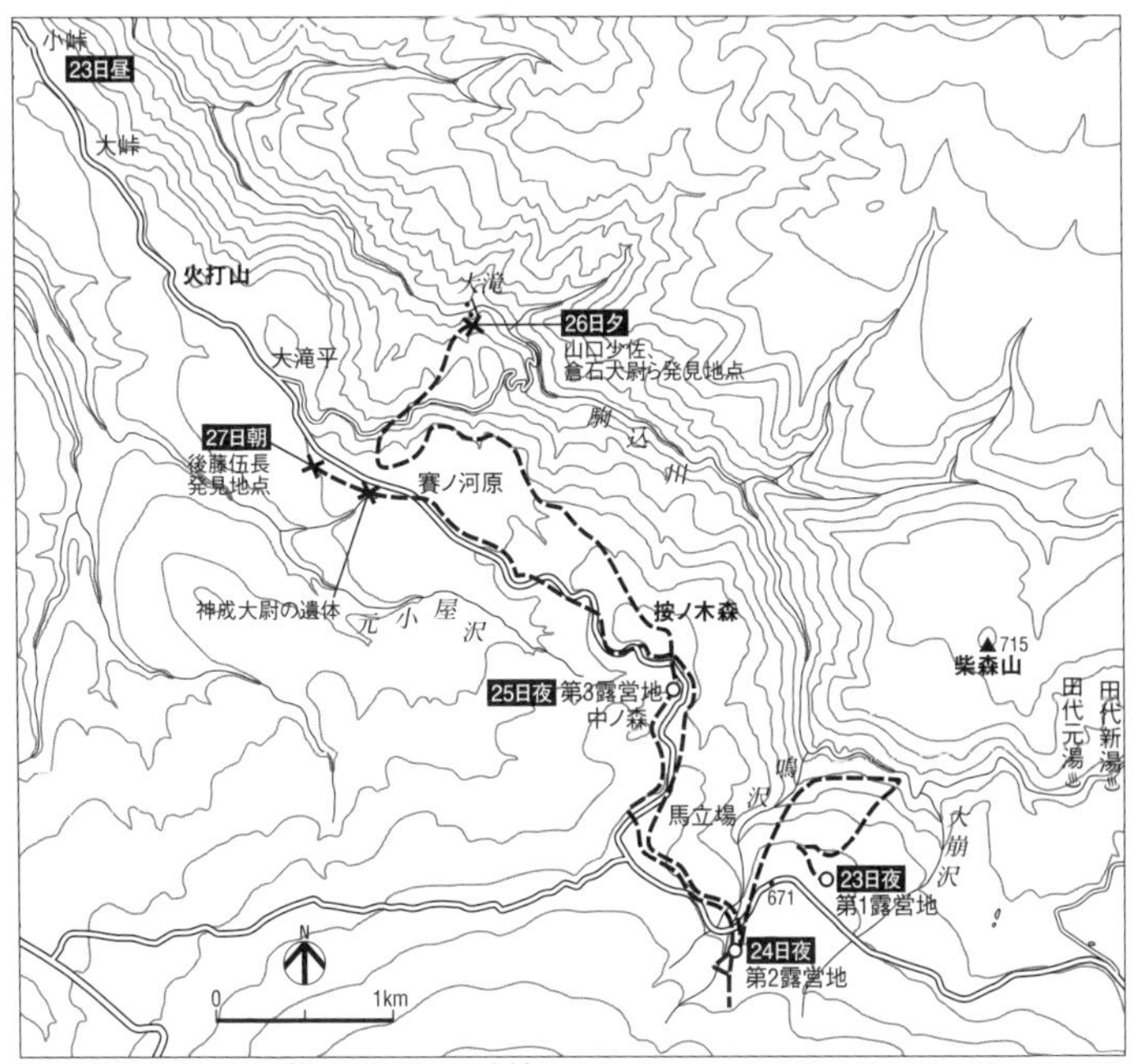

八甲田山雪中行軍遭難図（第１露営地～発見地点）

はじめに

福岡の長浜海岸に元寇防塁がある。松林の中に深さ約二メートルの堀が海に並行して二〇〇メートルほどあり、その片側が石垣となっている。それは長い年月によって土砂に埋まっていたものだった。

十三世紀初め、ユーラシア大陸の東西にまたがるモンゴル帝国の創始者チンギス・ハンの孫フビライは、日本に高麗を通じて朝貢を強要してきた。しかし、幕府がこれを拒否したので、文永十一（一二七四）年、元の軍勢約三万が朝鮮半島の合浦（がっぽ）を出港し、対馬、壱岐と攻めたあと博多湾に上陸した。いわゆる蒙古襲来（元寇）である。日本は歴史上初めて本格的な外国の侵入を受けた。元軍の集団戦法や毒矢等のすぐれた兵器に対し、一騎打ちで迎える幕府軍はたちまち苦戦に陥った。ところが、その夜の暴風雨によって、多数の船が難破した元は退却していった。

その後、幕府は博多湾一帯に石による防塁を築き、再来襲に備えた。

蒙古襲来は、御家人たちに多くの犠牲を払わせ、その生活を窮乏させてしまう。十分な恩賞も与えることができない幕府は御家人たちの信頼をなくし、衰退への道をたどっていく。明を征服しようとした豊臣秀吉は朝鮮出兵を行なった。ムダに終わった戦いに膨大な戦費と兵力が費やされ、豊臣政権もまた衰退していく。

どうも朝鮮半島は日本にとって鬼門となっているようだ。だが、朝鮮半島にこだわった日本は、やがて清国、続いてロシアと戦争をすることになる。

日清戦争で日本が勝利し、明治二十八（一八九五）年四月の下関条約で遼東半島を領有することになった。しかし、ロシア・ドイツ・フランスの三国干渉により、日本は遼東半島を清国に返還する。当時の日本には、三国に対抗する力がなかった。

勝った勝ったと大騒ぎをしていた国内は、ほどなく屈辱感に包まれてしまう。そして日本は「臥薪嘗胆（がしんしょうたん）」をスローガンに、国力と軍備の拡張に努めた。

軍はロシアとの戦争を想定して訓練をしており、特に雪国の部隊は雪中における戦術行動の研究に努めていた。そのような情勢のなかで、八甲田山中における歩兵第五連隊の遭難事故が起きたのだった。

明治三十五（一九〇二）年一月、青森に駐屯する歩兵第五連隊第二大隊の将兵二一〇名は、一泊の行軍訓練で八甲田山北麓の田代（新湯）を目指したものの、山中で遭難してしまう。死者は一九九名となり、未曽有の大惨事となってしまった。猛烈な寒波だったとはいえ、無謀にも目的地の田代新湯を知らずに山中に入っていたのだ。

遭難事故は天災だとされ、連隊長のみが軽謹慎七日の処分で幕が閉じられ、その後、関係者は事件を語ることもなかった。

幾ばくもなく日露戦争が始まり、当然のように遭難事故など人々から忘れ去られた。

だが、手や足を失った生存者は一生懸命生きていた。救出された将校は、津川謙光連隊長とともに満州で戦っている。事故当時の第八師団長、立見尚文中将は黒溝台で大苦戦していた。第四旅団長だった友安治延少将も二〇三高地で死闘を繰り広げていた。

彼らが遭難事故となった訓練においてどんな行動をしていたのか、何を証言していたのか。そしてその後はどんな人生を送っていたのか。

対露戦を考慮して増強され、訓練された軍隊は、いかにロシア軍と戦ったのか。冬の戦場で立見師団の戦いぶりはどうだったのか。はたして雪中行軍遭難事故の教訓は生かされたのか――。

この本は、遭難事故に関係した将兵や日露戦争で戦った将兵の声であり、犠牲者に対する鎮魂でもある。

第一章
雪中行軍の生存者たち

大惨事となった雪中行軍

明治二十九（一八九六）年に陸軍団隊配備表及び陸軍管区表が改正されたことにより、師団が六個（近衛師団を除く）から十二個に増え、そのうちの第八師団が弘前に設置される。師団長の立見尚文中将は桑名藩士で、旧幕府軍と共同して、宇都宮、北越、長岡、会津若松と新政府軍に抗戦を続けて武勇を馳せた。特に宇都宮では土方歳三率いる新撰組と先鋒を担った。敗戦後は不遇な時代を送っていたが、西南戦争が起こると新政府に請われ陸軍に入る。以降その指揮能力によって頭角を現わし、将官まで上り詰めていった。

第八師団は歩兵連隊四、騎兵連隊一、野戦砲兵連隊一、工兵大隊一、輜重大隊一から成る。四個の歩兵連隊は歩兵第五連隊（青森）、歩兵第三十一連隊（弘前）、歩兵第十七連隊（秋田）、歩兵第三十二連隊（山形）である。

また、運用上の編制で歩兵旅団があり、五連隊と三十一連隊を合わせたのが歩兵第四旅団（弘前）、十七連隊と三十二連隊を合わせたものが歩兵第十六旅団（秋田）となる。

この改正により、それまで青森に駐屯していた五連隊は、漸次（ぜんじ）、新編の三十一連隊に移ることになる。従前の下士卒（下士官と兵）が抜けた五連隊には、岩手県（一部を除く）と宮城県

第８師団の編制

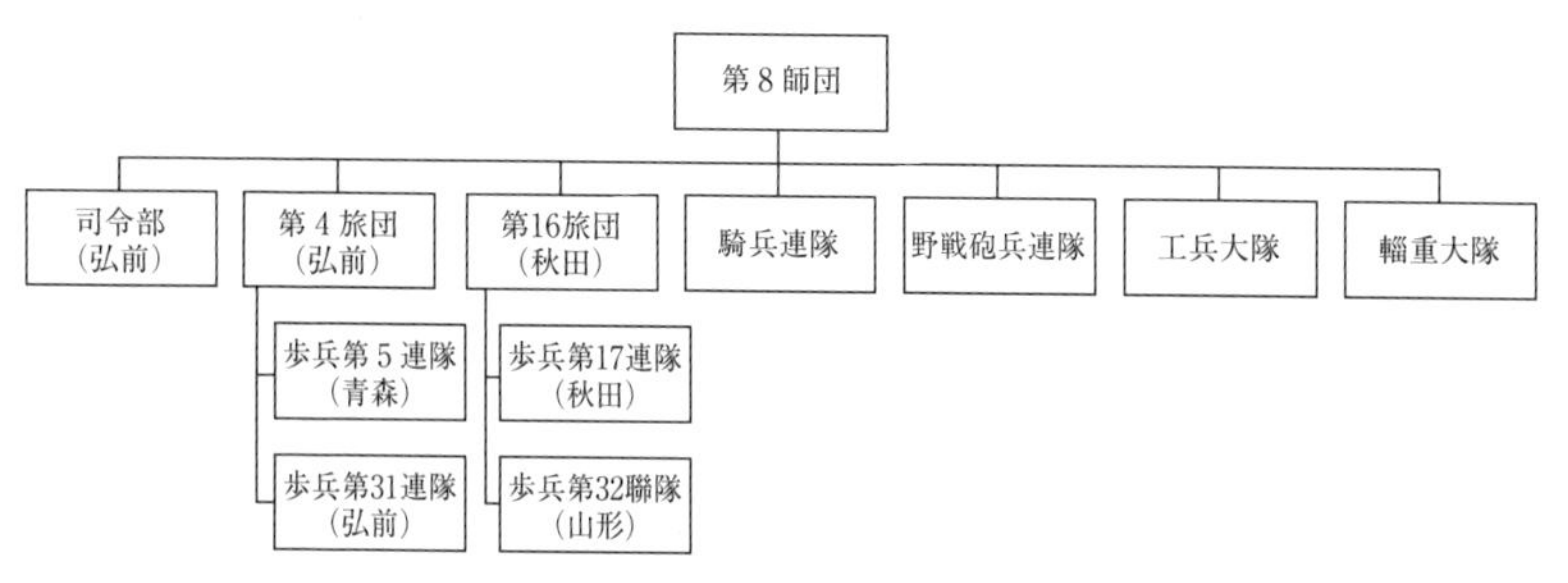

独立して作戦できる陸軍最小の戦略単位で、平時における兵員はおよそ１万人となる

歩兵第５連隊の編制

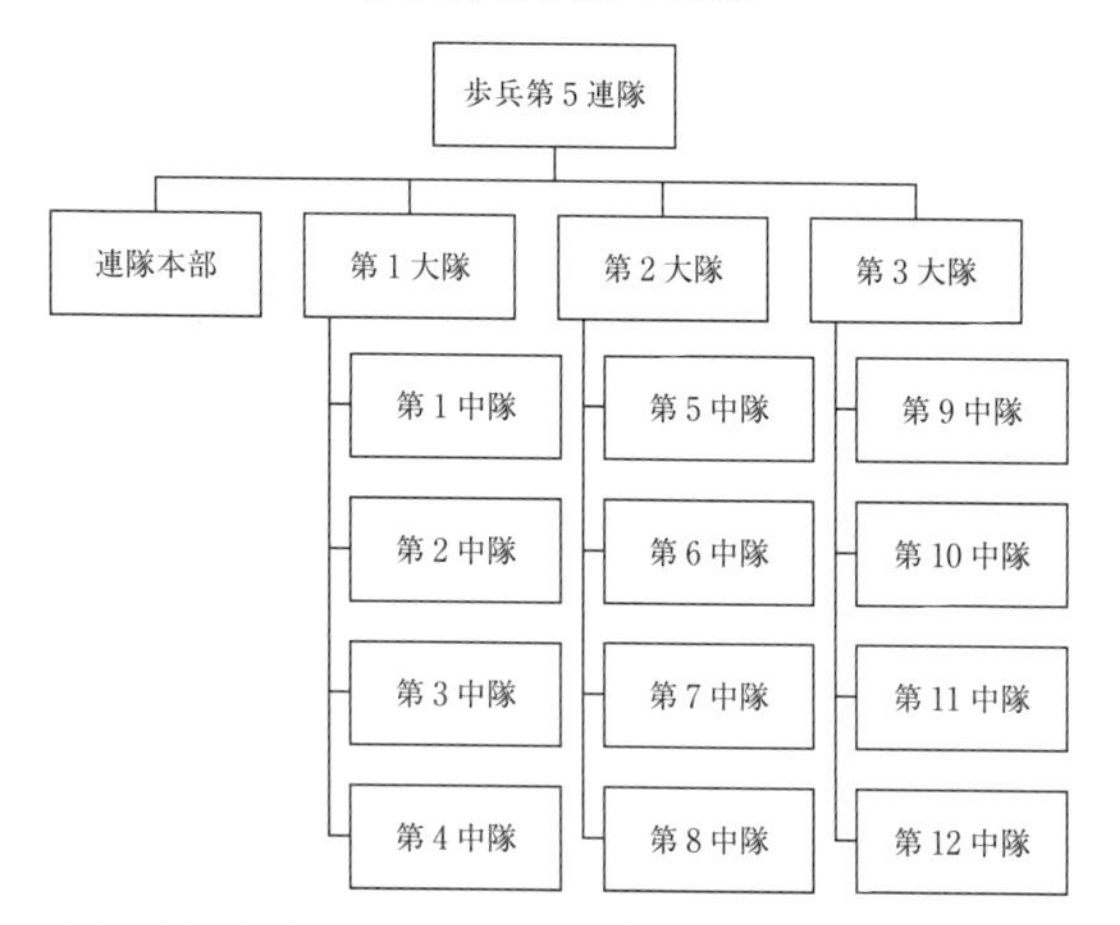

平時における兵員は、中隊が 156 人、大隊が 643 人、連隊が 1970 人となる

の一部からの出身者が補充される。つまり、下士卒の多くが青森県出身者から成っていた五連隊は、その多くが岩手県出身者へと変わってしまうのだった。それは、明治四（一八七一）年から続く五連隊の伝統が、三十一連隊に移ることを意味した。その結果、五連隊は豪雪上級者から豪雪初級者へと変わってしまう。

改編が落ち着いた明治三十一（一八九八）年以降、五連隊と三十一連隊の雪中行軍が活発化する。

ただ、雪中の訓練練度は、豪雪に慣れた青森県出身者の多い三十一連隊が高いのは明白だった。例えば、五連隊は一泊行軍しか実施していないが、三十一連隊は連続した八日間で総行進距離二三〇キロあまりの訓練をしている。また、明治三十四（一九〇一）年二月の雪中行軍において、五連隊三大隊は橇（そり）が孫内（青森市郊外）の坂を登れず、村民の助力を受けるという失態を演じていた。

一九八一～二〇一〇年の年間平均値で、青森市の降雪量は六六九センチ、最深積雪は一一一センチとなっている。同じ条件で盛岡市の降雪量は二七二センチ、最深積雪は三九センチである。五連隊の将兵の多くは、一メートルを超える雪中での生活など経験したこともなく、豪雪地での知恵やコツはほとんどなかったものといえよう。

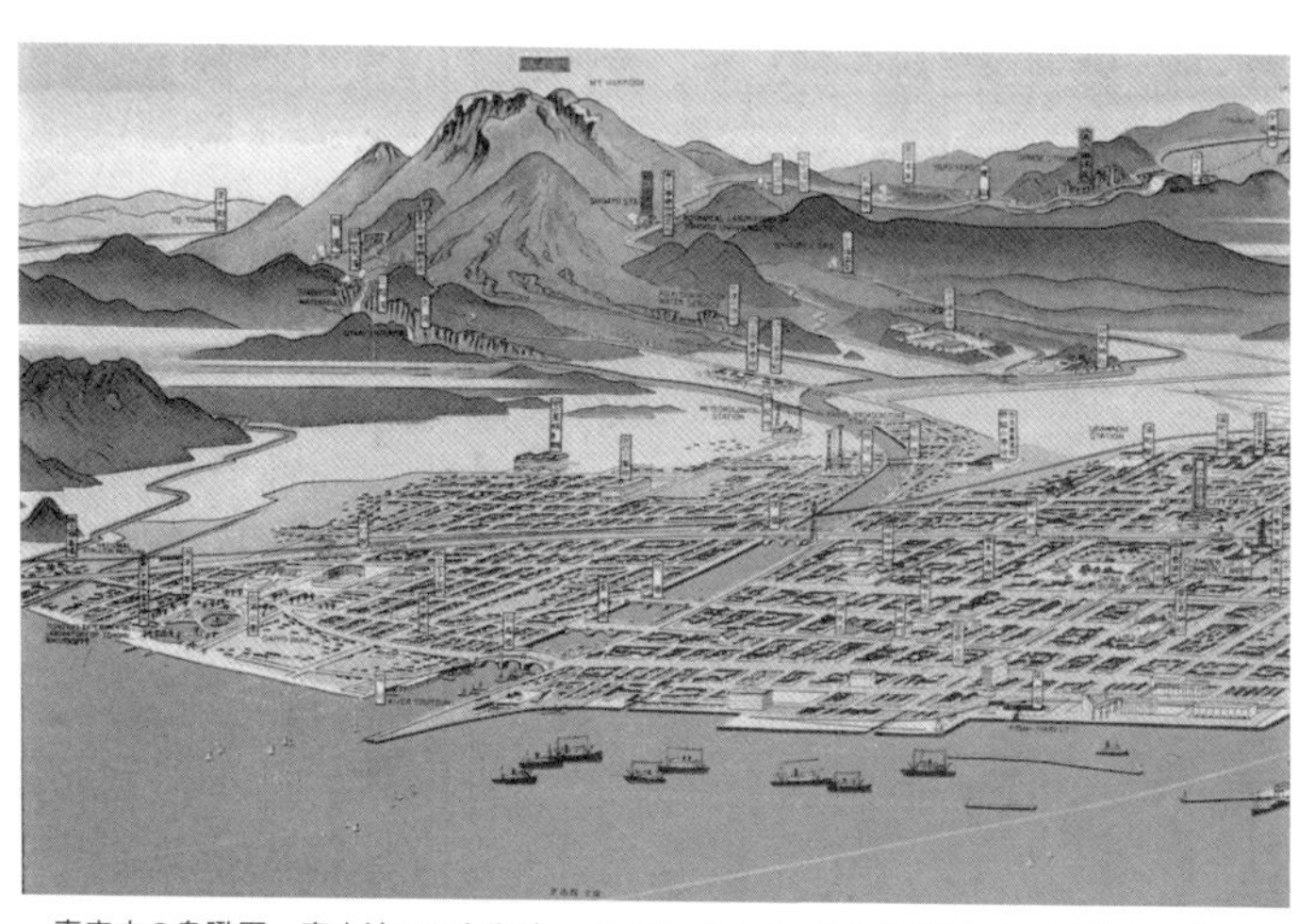

青森市の鳥瞰図。青森湾から市街地、八甲田山となる。中央に堤川、その上流に大滝、田代元湯、新湯が描かれている

五連隊は、青森市の中心部から直線距離で南方三キロあまりの筒井村に屯営（とんえい）していた。五連隊長は鳥取県出身の津川謙光中佐で、明治三十三（一九〇〇）年十二月一日に着任している。

その営庭から八甲田山が見える。前嶽、田茂萢（たもやち）岳、赤倉岳、井戸岳、大岳、高田大岳などの峰々からなる八甲田山の主峰は標高一五八四メートルの大岳で、明治の頃には酸ヶ湯（すゆ）岳といわれていた。

その八甲田山の名が広く知られるようになったのは、五連隊の雪中行軍遭難事故によるものだった。

明治三十五（一九〇二）年一月二十三日、歩兵第五連隊第二大隊を主体とする演習部隊は雪中訓練で田代新湯を目指した。

田茂木野（たもぎの）を過ぎると登りは急になり、雪は一段と深くなる。人力で曳（ひ）く行李（こうり）の橇は雪に埋まって前に滑らず、徒歩部隊から遅れる。ようやく小峠に到着したのは十二時三十分頃で、すぐに昼食となった。だが、携行の飯や増加食の餅は凍り、隊員はほとんど口にすることはなかった。その頃から天気が崩れ始め、強い風には雪が徐々に増えていった。

十三時頃、小峠を出発、大峠〜火打山〜大滝平〜賽ノ河原〜按ノ木森（やすのきもり）〜中ノ森と進み、徒歩部隊が馬立場に到着したのは十六時三十分頃だった。行李はそれから少なくとも一時間は遅れていた。二個小隊が橇の支援に向かい、十七時三十分頃馬立場に到着した。その頃には猛吹雪になっていて視界はほとんどなくなっていた。第一小隊から設営隊が先遣され、続いて主力も発進したものの、間もなく設営隊は雪が深いと引き返してくる。約〇・五キロ進むと鳴沢で、胸を没するほどの深雪だった。鳴沢に入った橇はどっぷりと雪に埋まり、前進はままならない。

徒歩部隊は鳴沢を登り、標高六七一地点から約〇・三キロ進んだあたりで停止し、将校斥候を出して田代新湯を探させたものの、見つけることはできなかった。

第二大隊長の山口鋠少佐は現在地での露営を決心し、演習部隊にその細部を命じる。また、行李（橇）運搬に支援を出したが、多くの橇は曳行をあきらめ、荷物を背負うなどして行李を運んだ。

露営の雪壕を掘らせたが、円匙（スコップ）が十本と足りなく、その作業ははかどらなかった。積雪は三・五〜五メートルほどあったが、七尺（約二・一メートル）ほど掘ったところでやめてしまう。その雪上で炭を熾したが、雪が溶けてその炭火は雪の中に沈んでいき、隊員は暖をとることができなかった。

翌二十四日一時頃に分配されたご飯は半煮えの状態で、ほとんどの者は食べなかった。その頃、温度が急に低下したためなのか、山口少佐は帰隊を命じる。明け方前で真っ暗闇、あわせて猛吹雪で視界がきかないという悪条件であった。帰る方向が全くわからず、頼みの足跡も消えてしまっていたが、前進は開始された。田代から大滝平付近までを三日間ほどあてもなくさまよい歩き、将兵は低体温症で次々と斃れていった。この遭難で将兵一九九名が命を落とした。生存者はわずか十一名で、そのうちの八名は重度の凍傷で手や足を失う。

　この雪中訓練は、三十一連隊の教育隊（教官、福島泰蔵大尉）が行なう田代越えに対抗して実施されたもので、連隊長から急遽命令されたものだった。目標の田代新湯は誰も知らず、雪中における訓練不足もあった。すべてにおいて準備不十分な状態だった。遭難地の地図は事故発生後に作成されており、事故前に田代街道や田代新湯などが載った地図はなかったのである。遭難を決定づけたのは、帰る方向もわからないのに、部隊を前進させたことだった。それでも二度彷徨をやめて露営しようと具申がされたが、彷徨は続けられ、次々と将兵は斃れていった。

　営所にいて演習部隊の帰りを待つ津川連隊長以下の対処もお粗末だった。演習部隊が帰隊しないのに二日間何もしていない。それから二日後に後藤房之助伍長が発見されて演習部隊の遭難が判明したが、連隊長は、他に生存者はいないとして部隊に二日間捜索させることなく、死体捜索のための拠点づくりをさせていた。本格的な捜索が開始されたのは、帰隊予定から六日も過ぎた三十日で、以降十六名が救出されている。

当時の巖手毎日新聞（二月九日）に「軍隊の幽霊談」という記事がある。その内容を要約するとこうなる。

一月二十四日、第五連隊第二大隊の将兵（将校と兵士）一同が雪中に埋没して惨死を遂げた夜、第五連隊、特に第二大隊の兵舎の電燈が急に明るくなったり暗くなったりしたと思ったら、数十人の靴の音がして今帰ったと言う声も聞こえたので、残留の新兵らは驚いて跳ね起きてみるが、あたりはひっそりとしていて人影もなかった。それから毎夜そのようなことが起こり、時には銃を持ち出す音などが聞こえて、進軍の歌が庭に響くなど余りにも不気味なことが起こっていた。

これに続いて、興津景敏大尉のことも書かれている。

二十五日の夕刻、第六中隊長興津大尉の家の玄関で、外とうの雪をはらう音が聞こえたので、夫人は大尉が帰ったのかと思い行ってみると、大尉がそこにいたので女中を呼び、火を熾そうとしている間に大尉の姿は消えていた。夫人は昏倒し、軍医の投薬によって息を吹き返したという。

熊本県出身の興津大尉（遭難当時四十四歳）は士族で、明治三十三（一九〇〇）年三月に第六中隊長に命じられた。前職は歩兵第三十二連隊（山形）の中隊長だった。連隊では下士上等兵教育委員として長期下士候補生の教育等を担任していた。興津大尉は連隊の中隊長では最古参だったと思われ、直属の上司である第二大隊長より一歳だけ年下だった。

八甲田の山中で彷徨していた一月二十四日夕、第二露営地となる鳴沢において興津大尉は低体温症で意識が薄れかかっていた。小山田新特務曹長と従卒（将校専属で身辺の世話をする兵卒）らが看護していたが、翌二十五日三時頃、部隊の前進が開始されたため、興津大尉を携えて歩き出す。しばらくして興津大尉は倒れ、そのまま絶命した。

それから十八日目の二月十二日、鳴沢の第二露営地から南（前嶽方向）二〇〇メートルで興津大尉の遺体が発見される。一・五メートルほど掘られたその傍らに兵卒の死体があった。

「此兵卒は一方の膝を立て仰臥せる大尉の足部へ坐し大尉を介抱しつつ凍死せる有様を呈せり……捜索の将士之を見て潸然（さめざめ）涙を揮（ふる）わざるものなし」（雪中行軍遭難事件書類「捜索実施の概況」）

その兵卒は当初従卒と思われていたが、その報告書の上部に次のとおり書き加えがあり、訂正されていた。

「此兵卒は従卒にあらずして第六中隊（興津大尉と同中隊）二等卒軽石三蔵なること判明せり」

その現場の状態は写真撮影され、叡覧に供されている。

遭難事故から間もなくの出来事が、青森の民話にもある。

「五連隊の歩哨が立っていると、きまって吹雪の日の深夜、遠くの方から『寒い、寒い、寒い！』という大勢の人の声とともに、ザ、ザ、ザ、ザ…という軍靴の音が迫ってきて、『歩調とれー、かしらー右』という声が聞こえてくる。やがてザ、ザ、ザ、ザ…という軍靴の音が、吹雪のなかに消えて行く、のだそうである。何人もの兵隊が聞いたという話である。この話を聞いた町の人たちは、『雪中行軍で亡くなった兵隊たちの霊が出てくるんだろう。かわいそうに』と話し合ったという」（平成十二年一月十八日、読売新聞青森版）

これらのことは、突然と死ぬことになる将兵の無念な思いがそうさせたのだろう。

行方不明者の最後となる遺体が回収され、事故処理に一応の目途がついたとき、津川連隊長は、救護の処置が緩慢時機を失したとして「軽謹慎七日」の処分を受けた。そして事故は不慮の災害であったとされ、幕引きされてしまったのだった。

山本一等卒と阿部（寿）一等卒の話

遭難事故から半年後の七月二十三日、亡くなった一九九名の招魂大祭が田茂木野で行なわれた。

〈祭主立見第八師団長の祭文あってのち、伏見宮貞愛親王（代読）、寺内陸軍大臣の弔慰朗読あり、続いて上田中将、内田艦隊司令官、友安旅団長、宗像宮城県知事、志波秋田県知事、北条岩手県知事、山之内青森県知事及び遺族の焼香があり盛大を極めた〉（『青森市史別冊雪中行軍遭難六〇周年誌』）

生存者のうち、倉石一大尉、伊藤格明中尉、長谷川貞三特務曹長の三人は軽度の凍傷だったため切断手術もなく、二月十八日に退院している。三人の凍傷が軽度で済んだのは、倉石大尉はゴムの長靴、伊藤中尉は私物の厚いわら靴を履いていたこと、長谷川特務曹長は素足に毛皮の襟巻（防寒外とうの付属品）を巻き付けていたことが幸いしたようだ。他の八人は程度の差はあれ、重度の凍傷により手や足が切断されている。その軽重は義捐金の分配率からわかる。負傷の重い順に列挙すると、村松文哉伍長、阿部寿松一等卒、後藤房之助伍長、小原忠三郎伍長、阿部卯吉一等卒、後藤惣助一等卒（遭難当時は二等卒）、山本徳次郎一等卒、及川平助一等卒となる。
八名は九月十日に衛戍（えいじゅ）病院を退院し、同日、兵役免除となって皆それぞれの郷里に帰った。手や足を失った八名の苦難が帰郷後から始まるのは明らかだった。日常生活において介護が必要であり、その負担は家族に重くのしかかっていたに違いない。

翌明治三十六（一九〇三）年七月二十三日。
陸軍省は遭難者の墓地を幸畑として埋葬式を行なった。墓地は高所に設けられ、青森市街を遠望することができた。広さは東西に約九〇メートル、南北に約七二メートルあった。
〈正面には大隊長山口少佐の碑を中心にして、西方には神成（かんなり）大尉、大橋中尉、永井軍医、田中、今泉両少尉の碑、東方には興津大尉、中野、水野両中尉、鈴木少尉の碑がならび、その前面東側には小山（ママ）、佐藤の特務曹長以下九十五名、西側には今井特務曹長以下九十四名の碑が建っている。碑石は官位により大小あるが、正面には官氏名、側面には屍体発見若しくは死亡の時日を記している〉（『青森市史別冊雪中行軍遭難六〇周年誌』）
この日、日章旗が青森市中や沿道に掲げられ紅灯も吊るされた。参拝者が引きも切らず詰めかけた。また、青森港には常備艦隊十六隻が入港していて、早朝より満艦飾をなし弔意を表していた。生存者では山本徳次郎元一等卒と阿部寿松元一等卒の二名が参拝している。

山本一等卒は五連隊では数少ない青森県出身だった。本来であれば三十一連隊に入隊となるはずだが、おそらく、人員調整で五連隊に入隊となったのだろう。

山本一等卒は彷徨を始めた二十四日、炊事用の大きな釜を背負って歩いていた。それを認めた倉石大尉は山本一等卒に、任務を全うしようとするひたむきな心を称賛し、そして、この危急時に釜を携行する必要はないと諭した。それで山本一等卒は木のもとに釜を置き、立ち去りがたい様子で列に戻る。

二十五日、歩行ができた山本一等卒は、鳴沢の第二露営地を出発する倉石大尉率いる主力についていく。二十六日には賽ノ河原からマグレ沢の崖を下り、大滝に到着する。その場所で五夜過ごし、出発から八日目の三十一日、ようやく山口少佐らと一緒に救出された。

二月五日の読売新聞に、翌朝の山中の様子が載っている。

大滝の第九哨所で田茂木野に後送となる山本一等卒が橇に乗せられていた。哨所の中尉らが山本一等卒に話しかけている。

「苦るしからんが今直ちに田茂木野へ着くから我慢して居れ、何か食べたいなら食べさせるから」

「アアホントニ苦るしい、他の人達は火に暖まって居るだろうに、私は四日も五日も物を食わない、二度も雪崖を上ったのだからこんなになったのだ。今食わせるに宜いなら食べさせて下さい」

「やがて中尉は粥の汁を勧めしに、彼れは甘い甘いと頻に言い、藤本曹長はどうしたと問いしに」

「私の後から来たようだが死んだんでしょう、其の外何中隊の某も何中隊の某も皆んな死にました」

山本一等卒はなお語ろうとしたが、付き添いの軍曹が話すのを止める。その日、山本一等卒は衛戍病院に入院し、後に重度の凍傷で左足を切断している。


岩手県出身阿部寿松元一等卒は、行軍三日目の二十五日朝に鳴沢の第二露営地からなお北に下った場所で、長谷川特務曹長に掌握された。長谷川特務曹長率いる一行はしばらく東に進み、大崩沢で炭小屋を見つけそこに避難する。炭を熾し、雪を溶かして水を飲み、携行する食べ物を分けて食べた。

長谷川特務曹長の陳述書に、次のような内容がある。

その夜の食事は各人に餅一個だったが、阿部一等卒は疲労が激しかったので餅二個を食べさせた。炭が熾ると、兵卒は暖まろうとして手や足を炭火の近くであぶろうとしたので、長谷川特務曹長は凍えた手足を急に暖めるのはよくないと何度も諭したものの、兵卒は言うことを聞かなかった。そのため、彼らの手は火傷をしたように腫れ上がってしまい、そしてそのまま寝てしまった、と。

凍傷に対する衛生教育がほとんど行なわれていないため、凍傷の怖さを知らない兵卒は凍傷を悪化させることになる。

小屋に避難してから八日後の二月二日十一時頃、一行は救出された。その日は山中の哨所において応急処置を受け、翌三日十六時頃、衛戍病院に入院した。阿部一等卒の病床日記には、「特務曹長の言に従うを得ずして睡眠せるを以て手足の凍傷を発し」と記述されている。やはりその凍傷は重く、阿部一等卒は四肢が切断されている。

事故の鍵となった後藤伍長

明治三十九（一九〇六）年七月二十三日。

馬立場の銅像といわれている歩兵第五連隊第二大隊遭難記念碑の除幕式が盛大に行なわれた。

その記念碑は日露戦争のさなかに建立されていたもので、戦後ようやく催されたのだった。主な参加者に第八師団長渡邊章中将、前歩兵第五連隊長津川謙光少将（歩兵第八旅団長）、青森県知事西沢正太郎、青森市長芹川得一、前青森市長笹森儀助、神成文吉大尉未亡人、伊藤大尉、後藤元伍長がいた。この日、奇しくも遭難事故当時の陸軍大臣だった参謀総長児玉源太郎大将が脳溢血で亡くなっている。

銅像のモデルとされた後藤元伍長は、義手義足で人に助けられながら参加していた。

「一緒に行った当時の連隊長に『よく見ろ』って言われたけど、照れくさくってなかなか見れなかったそうです」

「凍傷のため両脚のひざ下と両手の指を失った。この行軍を最後に退役し、郷里の宮城県……に戻ってからは結婚して五人の子供を育て村議も二期務め、二四年七月、脳いっ血で亡くなった」（平成十四年一月二十四日、東奥日報）

生存者の後藤伍長らが手や足を切断しなければならないほど重い凍傷となったのは、脇にいる津川元連隊長の捜索が大きく遅れたためだった。後藤伍長が発見されたのは、帰隊予定日を三日過ぎた二十七日である。

後藤伍長の病床日記には、屯営出発から入院までの状況が、他の生存者に比べて詳細に書かれている。これはいわば、カルテであり、その記載は後藤伍長の問診結果によるものであった。行軍して三日目の二十五日、鳴沢第二露営地。

旭川はその日、日本最低気温となる氷点下四十一度を記録している。

〈午前二時頃露営地出発、方向変換帰営の途に上る、（此の日晴曇交々至り且つ降雪す）而して不幸にして再び道を迷い漸次山頂に向い昇りつつあるを発見し、到底目的地に達することはできないと思い、〈直ちに引返して前夜（二十四日）の露営地に帰来各自の背嚢集めて火を点じ暖を取れり〉

演習部隊は鳴沢を前嶽方向に登っていたが、誤りだとわかり第二露営地に戻ったのだった。〈而して此の日正午頃まで各兵の帰来たらず、多分途中にて凍死せしならん、茲に集合せしものは約六十人許なり〉

そして、要約すると次のようなことも書かれている。

ここにおいて、隊員は恐れおののき、混乱状態となってしまった。この時多くは人心分離して秩序なく乱れ、任意前進する者も出たりして集合場所に集まらない者もいた、と。

つまり、後藤伍長の証言から、この日の朝に演習部隊は集団パニックを起こして、ちりじりになってしまったことがわかる。

後藤伍長の銅像。遠くシベリアを凝視している

そして、「本患者も前進者の一人にして、深更力尽き睡眠を催せり」とあった。

一月二十九日の東奥日報では、「部隊は任意解散した」と報じている。その記事は最初に救出された後藤伍長の証言に基づいて書かれていた。

「二十五日迄に山口大隊長を初め(ママ)百四十余名は凍死せし為、其他六十余は任意解散せしが……」

任意解散となった理由は、田茂木野に進むか、田代に進むかで意見が分かれ、結局、「各自の任意に従うこととなり」としている。

そして、「倉石大尉の如きは独り奮然として挺身田代の方向を指して進みしまま其の影だも見えず」とあった。

ところが、実際には、山口少佐は救出されて衛戍病院で死亡し、倉石大尉は六十名ほどの将兵を引き連れて、田代とは反対方向の田茂木野に向かっている。後藤伍長の証言が完全に誤っていたのは、病床日記にあったとおり、集団パニックが起きたときに、後藤伍長は第二露営地から遠く離れた場所にいたため、大隊長や倉石大尉の状況を知らなかったのだ。そしてしばらくしてから第二露営地に戻ったものの、そのときにはすでに倉石大尉らの主力が馬立場に向かった後だったのである。後藤伍長は、その第二露営地に残っていた下士卒から任意解散などの話を聞いていたのだろう。その任意解散の真偽については、後で明らかにする。

翌二十六日八時頃、目を覚ました後藤伍長が辺りを見回すと、前日六十名ほど残っていた下士卒が消えていた。高所に登り確認すると、前進している一団を見つける。神成大尉、鈴木少尉、及川伍長だった。後藤伍長はこの一団を追った。

神成大尉が第二露営地に残っていたのは、死のうとしていたか、倉石大尉らと行動するのを嫌ったか、倉石大尉に見捨てられたかのいずれかだろう。前日、帰路を誤ったことに端を発した神成大尉の怒りや無念な思いが爆発していた。演習中隊長である神成大尉の指揮権をないがしろにした山口少佐や倉石大尉が原因だった。そして、「露営地に戻って枕を並べて死のう」と叫んだことが、隊員の信望をなくしていた。

神成大尉らは馬立場〜中ノ森〜按ノ木森〜賽ノ河原と田代街道を北進し、大滝平に到着したのは日の入り近かったものと思われる。その途中には、ポツポツと半ば雪に埋もれた仲間らの遺体があった。

鈴木少尉は、青森の方向を確認しようと開豁(かいかつ)した小高い所に登った直後、三人の視界から突然と消えてしまった。おそらく、雪庇でも踏んで落ちたのだろう。だが、三人に安否を確認する体力はなかった。それから間もなく及川伍長が倒れ、動けなくなってしまう。

「之を介抱せんとしたるに、及川伍長は之を遮り此のまま死するも苦しからず、夫れよりは一時も早く田茂木野に帰られたし……」（二月三十日号外、東奥日報）

神成大尉と後藤伍長は歩みを進めたが、すぐに動けなくなってしまう。二人とも疲労と凍傷で精根尽き果てていた。特に神成大尉が体力を著しく消耗していて、そのまま眠ってしまった。

翌二十七日八時頃、神成大尉が目を覚まし、二人で田茂木野方向へ歩き出したものの、少しすると神成大尉はその場に倒れてしまう。

神成大尉は、

「自分はすでに歩行することはできない、お前はこれから田茂木野に行って村民に伝えよ」

と、後藤伍長に命じた。そして、

「兵隊を凍死させたのは、自分の責任であるから舌を噛んで自決する」

と言った。後藤伍長は神成大尉の自決という言葉に戸惑いながらも、二十五日に神成大尉が大声で叫んで、下士卒を励ましていたのを思い出す。

「兵卒を殺して独り将校のみ助かる筈なし」（二月二日、巌手毎日新聞）

神成大尉の覚悟を知り、後藤伍長は立ち上がり、凍傷で自由の利かない足を前に出してどうにかこうにか歩いた。だが、一〇〇メートルほど進むのに三時間ばかりかかっていた。そこで力尽き、一歩も進めなくなってしまった。意識はもうろうとしながらもしばらくそこに立っていると、遠くに人が近づいてくるのを見つける。声を限りに叫んだけれども、弱った声は吹雪に消されて捜索隊には聞こえなかったようだった。

十一時頃、三神少尉率いる捜索隊（食糧運搬）は、大滝平で雪中に佇立する人影を認めた。半身は雪中に埋没し、辛うじて直立している。捜索隊は後藤伍長と認め、「他に誰かいるか」と問うと、「神成大尉、神成大尉」とほとんど聞き取れないような小声を発した。捜索隊が付近を捜索すると、後藤伍長から一〇〇メートル離れた場所で神成大尉を探し当てたが、すでに亡くなっていた。

捜索隊は後藤伍長を毛布に包み、雪上を曳いて田茂木野に引き返した。田茂木野の民家で応急手当てを受けた後藤伍長はようやく意識を回復する。そして、自分以外みんな死んだと話す。それによって、筒井村の連隊本部や歩兵第四旅団長はその処置を誤ることになるのだった。

慰霊の雪中行軍と長谷川特務曹長

昭和七（一九三二）年一月二十二日。

遭難事故から三十年という節目になっていたためか、旧軍が慰霊の雪中行軍を行なっている。

地元の新聞「東奥日報」にその様子が数日にわたり載っている。

雪中行軍は五連隊長以下一四七名で実施され、その編成は五連隊を主としてそれに八師団各隊から選抜された者が加わっていた。

日程は、正午営門出発、幸畑陸軍墓地において慰霊祭、その後田茂木野部落に露営。二十三日は田代新湯、同元湯に村落露営。二十四日は増沢、熊沢部落に露営。二十五日は三本木着、その後鉄道で青森へ移動して帰隊の予定となっていた。一日目は約七キロ、二日目は約一五キロ、三日目は約二〇キロ、四日目は約一四キロの行程となる。

幸畑の慰霊祭参列者には、師団長などのほかに、生存者の長谷川貞三元大尉、後藤惣助元一等卒が参列していた。慰霊祭後、留守部隊の軍歌が合唱されるなか、スキー隊を先頭に徒歩部隊はそれに続いて進んだ。

「午後三時五十分田茂木野部落に到着、その夜は部隊は部落民の大歓待を受け各民家に分宿」

この雪中行軍の一日目は、幸畑から橇もなくたった四キロを歩いて、夕食をご馳走になり、おそらく酒も飲んで民家に宿営している。

だが、遭難事故となったあの行軍では、自己完結の方式で、食事や宿泊を自分たちで何とかしようとしていた。そうした点を考えると、この行軍は慰霊から少しずれているように感じる。

携行食は遭難事故に鑑みて水気のないビスケット、氷砂糖、キャラメル等が携帯されていた。天気に恵まれ吹雪くことはなかった。また、上空からの偵察飛行や食糧品投下等が行なわれ、無事終了したようだ。

長谷川元大尉は、幸畑の慰霊祭に参列する前に東奥日報の本社を訪問していた。

「今年六十三才になります。実際早いものです。あの遭難当時は三十二才で特務曹長でしたが今から考えるとよく助かったものだと思っています。あの時行軍に参加した二百十名中生き残ったものは僅かに十一名でしたが、現在までの生存者は六、七名もあるでしょうか、遭難したのは二十三日夜からで捜索隊の手で助かったのは二月二日でした。実に感慨無量です」（一月二十三日、東奥日報）

救出された長谷川特務曹長は、筒井の衛戍病院に搬送される途中の田茂木野で、上司の原田大尉にこのようなことを話している。

二十五日早暁（そうぎょう）出発したが、この日は風雪のために落伍するものも多く、部隊の多くは弾丸に打たれたようにバタバタと倒れた。このとき大橋中尉は先導となり、田中見習士官はしんがりとなって進んでいたが、斃れる者が続出していた。長谷川特務曹長は決死の覚悟で猛進したため、道を失い崖の底に落ちた、と。

二十五日朝、第二露営地で神成大尉が点呼をとっている。その結果、田中見習士官、長谷川特務曹長等十数名が行方不明となっているのが確認されていた。

そのとき、長谷川特務曹長は第二露営地よりもさらに下の鳴沢いた。そこで兵卒四名を掌握してさらに下っていたが、途中で一名の上等兵と意見が衝突したとして別れている。

長谷川特務曹長の陳述書にこうある。

〈上等兵は飽くまでもこの谷間を下れば青森に向うを得るものと深く信じたるものの如く、自分は谷間より漸次傾斜に沿って高地に達する意見なりし〉

上等兵は長谷川特務曹長の話を最後まで聞かずにどんどん下って行ってしまったとしている。演習部隊が行動していた第二露営地付近で、どんどん下れる場所は鳴沢しかない。やはり長谷川特務曹長らは鳴沢を下っていたのだ。そして長谷川特務曹長は、部隊を無視して勝手に青森に向かおうとしている上等兵をとがめることなく見過ごしていた。これらのことから、そこにいた五人全員が行方不明者であったのは間違いない。

陳述書では、その後に別の上等兵が転落してきたとして再び五人となり、さらにその後に佐々木正教二等卒、小野寺佐平二等卒と出会い、七名となる。この佐々木と小野寺の二名が、長谷川特務曹長と一緒に青森に向かうことを願ったとし、そこで長谷川特務曹長は大隊を捜索するのをやめて、青森に行って速やかに報告しようと決心し、西北を判断して谷を下ったとしている。

しかし、長谷川特務曹長は、鳴沢を下るだけで演習部隊を探しておらず、陳述は説得力に欠ける。

その後、阿部寿松一等卒を拾い、前進を続けていたが、当初の三人と上等兵は遅れて姿が見えなくなる。その時点で長谷川特務曹長と行動を共にしていたのは、阿部一等卒、小野寺二等卒、佐々木二等卒の三人だった。午後二時頃、炭焼き小屋を見つけて中に入る。炭を熾し、雪を溶かして飲み、持っている食料を分けて食べた。翌日出発を試みたが結局炭小屋に戻り、二月二日に救助されるまで炭小屋にいたという。

長谷川特務曹長は、兵卒が炭火の近くで手足を暖めようとするのを注意したらしいが、兵卒は言うことを聞かず暖めて寝てしまった。

長谷川特務曹長自身は、足がすっかり冷たくなっていたので、脚絆や足袋などを脱いで、防寒外とうに付属する毛皮の襟巻を足に巻いてそれを炭俵で包んでいた。そして、睡眠中に寒さで目が覚めたときは、手を揉み足の運動をしたりして凍傷防止に努めていた。

行軍開始から十一日目、小屋に避難してから九日目の二月二日十一時頃、捜索隊が小屋に入り、長谷川特務曹長らは救助される。

衛戍病院に入院した長谷川特務曹長は、凍傷が軽度だったとして二月十八日に退院しているが、実際には訓練ができないほど重傷だったようで、そのため、簡易で身体に負担の少ない捜索隊の後方業務を勤めていた。

話を、東奥日報本社を訪問したときに戻す。

「その後も日露戦争に参加し黒溝台の戦いでも負傷したがそれでも全治、現在こうして余生を送って居るのですがいつでもあの行軍の為に遭難して地下に眠る戦友の事は忘れた事がありません。それで予て幸畑に御寺建立の計画中でありましたのでこの弔行軍の機会に建立場所その他を調査し且地元の村長さん方に相談しようと思ってやって来た訳です」（一月二十三日、東奥日報）

お寺の建立ができたかは不明だが、長谷川元大尉は亡くなった仲間らを弔うための運動をしていた。

ここに一枚の写真がある。その写真に紋付羽織袴姿の小原忠三郎元伍長、阿部卯吉元一等卒、村松文哉元伍長、阿部寿松元一等卒、及川平助元一等卒、後藤惣助元一等卒が写っている。説明書きに、「昭和七年三月十日三十年祭挙行後　青森歩兵聯隊（五）将校集合所庭園にて」とある。当時の新聞を調べたが、三十年祭に関する記事は見つけることができなかった。写真に写る生存者は皆正装であることから、この日に五連隊で遭難事故の三十年祭が催され、生存者は招待されていたのだろう。

後藤一等卒、阿部（卯）一等卒と村松伍長

昭和二十九（一九五四）年八月十六日。

松葉づえで身をささえる後藤惣助元一等卒が、幸畑の旧陸軍墓地に眠る仲間らに線香をあげて祈っていた。

「五十年来、当時の戦友たちのお墓と遭難場所を訪れて冥福を祈ることを念願としていたが十六日妻……お孫さんを同道来青し、親しく現地を訪れた」

その後、遭難現場の田代高原に向かった。

「戦友後藤伍長の銅像には思わず落ちる涙をふくこともせずに見上げ、数々の思い出がどっと

胸に迫るのか、しばらくはぼう然と立ちつくしていた」（昭和二十九年八月十七日、東奥日報）

後藤元一等卒は、新聞で当時の様子も語っている。

「田代平の温泉を通るというので兵士諸君は大いに喜び、通常の演習の時より薄着で二枚着るのをシャツ一枚を減らし……〝タカジョウ〟にワラ靴を履き、防寒帽といったものはなくただ外とうのズキンだけであった」

タカジョウとは、鷹匠足袋のことで底の厚い足袋である。

「二十三日午後一時大峠辺で猛吹雪に遭い、周囲は全然見えないという状態におかれた……ポケットに入れていた餅が石をかじるような感じであった……前に立っている人が全然見えず同じところを三度も歩いた。その時になって寒さのため小便はタレ放しとなり、小便はすぐに凍ってしまうという状態であった……汗をかいたものはそのまま道端に起立状態で凍死してしまった」

昼食は、十二時半頃に小峠でとっている。大峠はそこから約〇・九キロ先となる。

「二十四日になって、進むも退ることも出来ず……眠れば凍死するので足踏みを絶やさないのだが、そのため足の裏には氷が張りつぎつぎ将棋倒しになって倒れる有様であった。このような困難を突き破ってよろよろ後藤伍長の銅像のあるところまできたのだが二十六日……大滝に下りて川に沿って青森に下ろうと命令、そこには二十七、二十八、二十九、三十日までいて、もっぱら沢の水をのんで生きていた」

後藤一等卒は倉石中隊の所属であり、彷徨後は倉石中隊長から離れずにいた。

三十一日に倉石大尉、伊藤中尉、小原伍長、それに後藤一等卒の四人がもと来た崖を登る。

「遭難から救助まで九日間、ただ雪と水ばかりより口を通していないので捜索隊がくれたニギリ飯と塩サケはこんなにうまいものはないと思った。救助されてからソリで衛戍病院に運ばれ二月一日入院、九日に両足を切断した」

後藤元一等卒は遭難した仲間の冥福を祈るという長年の想いを果たすことができ、安堵して余生を送ることができたに違いない。

昭和三十七（一九六二）年六月九日。

幸畑の旧陸軍墓地で、「雪中行軍遭難六十周年記念式典」が挙行された。その式典に八十三歳になる羽織袴姿の阿部卯吉元一等卒が参加していた。義足、義手と不自由な身体を付添人に助けられて焼香し、追悼の言葉は代読してもらっていた。

「ああ　遭難者の皆さん、私は明治三十五年一月三十一日午前九時ごろ鳴沢の炭焼小屋において捜索隊に救助されました阿部卯吉でございます。日ごろ一度は参拝したいと思っておりましたが、手足の不自由と遠隔のため実現できなかったことをお許しください。今日ここに大隊長殿をはじめ百九十九名の勇士が整然と眠る配列墓標を見て、猛吹雪と戦ったあの悲壮な状況が、今しきりと私の脳裡を去来しています。誠に万感胸にせまりて言うべきことばもありません。皆さん心安らかにお眠り下さい」

阿部元一等卒は式場で遭難当時の模様も話している。

「行軍して二日目ごろから精神に異状をきたすものが出ていた……わけのわからない叫びをはりあげて、雪中ヤブのなかに突進するものがいた。とたんに身体がスポッとはまって見えなくなる。手をあげて助けを求めると、雪が頭に落ちて完全に埋まってしまった。それでも助けようというものはなかった」

演習部隊が低体温症に陥っていたことがわかる。低体温症になると、まず錯乱状態となり歩行が困難になる。さらに悪化すると意識を失い心臓が停止するという。日本最低気温を記録するほどの寒気が将兵を襲っていたのだ。

「行軍三日目、鳴沢の高地を下って神成大尉が点呼したら、二百十名のうち六十名ぐらいしかいなかった。大尉はみんなを集め『天はわれわれを助けないつもりらしい。六十人のうち丈夫な人は弱い人を助けて歩いてほしい』と命令して、自ら銃剣を抜いて前に立って歩いた」

　神成大尉が悲痛の叫びをあげてから時がだいぶ過ぎており、言動は落ち着いていた。

「わたくしたちは七、八人ずつグループを作った。しかし二、三歩いっては休むという状況で、そのうちにもバタバタ倒れてゆく。だれも助けるものがいない。人のことをかもう余裕がなかったのだ。寒いので、みんなで背のうを燃やした。いっしょに暖をとることをせずに、勝手に火を奪い合った。その火でハンゴウに詰めた雪をとかし、それを飲んで飢えをしのいだ」

　二十五日には、部隊の指揮統制が取れなくなっている。そして隊員は生き残るための行動に走っていた。

「夕方になると私の回りに二、三人しかいなかった。そのひとりが「オレはこの辺から出た兵隊だ。すぐそこに家がある。白取という家で、オレの知りあいだから、行ってみよう」といい出した……ところがいくらいっても家がない。その兵隊は頭がおかしくなっていたのだ。ガッカリしたとたんに、その場に倒れてしまった」

　断末魔の恐怖からか、真夜中に「助けてくれ」、「苦しい」といった叫びが聞こえていた。

「朝になると雪がやんでいた。歩こうとしたが、足の関節が動かない。足をひきずって手ではって歩いた。目の前にツマゴ（ワラグツ）で通った跡がある。このとおり行けば、助かるかも知れない。そう思って足跡をたどった。途中雪のなかで死に切れずいる隊員や、死体の上をなん度超えたか知れない。しばらく行くと、こわれかかった小屋があったので、なかにころがり込んだ」

小屋の中には、三浦道雄伍長と高橋健次郎一等卒がいた。三人は雪を食べながら生き長らえていたが、高橋一等卒は途中で息絶えた。

屯営を出発してから八日目、小屋に避難してから五日目の三十一日九時頃のこと。

「そのうちワイワイ騒ぐ音がした。小屋のすき間から二、三十人の隊員が中腹を歩いているのが見える。……私と三浦伍長は小屋からはい出で、二本の木を雪に刺し、それで身体をささえて、すわったまま迎えた。涙が出てどうしようもなかった」

やはり小屋で風雪を凌いだことが生還につながったようだ。

「山からソリで病院に運ばれ、そこでミルクのようなものを茶わんに半分くらい飲まされた。遭難以来はじめての食料である。ツマゴもクツ下も足にくっついて、ナイフでけずるようにして切りとった。足の皮もケロリとむけたのに、われながらびっくりしたものだ」

昭和三十七年六月十日の産経新聞に、その後の消息が載っている。

「阿部卯吉さんは凍傷で両手指四本と両足を切り落とした。浅虫温泉でしばらく湯治し、兵役免除となって郷里の岩手県……に帰った。駅から自宅まで人力車で帰ったが、町の人たちが日の丸の小旗を振り、まるで凱旋将軍みたいな歓迎ぶりだったという。阿部さんはもともと大工だった。除隊後も手足が不自由にもかかわらず、机やタンスをつくった。昭和三十一年、東京渋谷公会堂で行なわれた身体障害者全国大会の席上、両陛下ご臨席の会場で厚生大臣から表彰を受けた。『六十年前、人力車で家へ帰ったときよりも、もっと感激が深かった』と阿部さんはこう語っていた」

生存者十一名のうち、六十周年記念式典が行われた時点で存命だったのは、阿部元一等卒の他に、小原元伍長と村松元伍長だけになっていた。

その村松伍長が田代元湯で救出されるまでの経緯を、その陳述書で追ってみる。

〈一月二十五日　朝露営地に於いて伍長大坪平市郎人事不省となりしを以て、救護に勉めたれども終に蘇生せず〉

倉石大尉ほか六十名ほどの主力は、すでに第二露営地から出発しており、吹雪の中に消えてしまった。

しかたなく第五中隊の古舘要吉一等卒と共に大隊が進んだ方向に急ぎ探したが、雪風がますます激しくなり、ついにその主力を見つけることはできなかった。

〈これより余は青森と思わしき方向を定め渓谷に沿い高地を下る。日没するに至り一の大樹木を撰み樹の根雪浅き処に夜を徹するに決す〉

村松伍長らは第二露営地から鳴沢を下っていた。そのまま進むと駒込川となる。

〈二十六日　未明目覚めてより又前日の如く渓に沿い高地を降りる〉

十四時半頃、前方に小屋を見つけ、古舘一等卒と共にそこに避難した。

村松伍長らは偶然に田代元湯にたどり着いたのだった。そこは鳴沢が駒込川と合流する地点から直線で約一・五キロ上流（東方向）にあった。田代元湯は田代新湯と違って冬は無人である。小屋には点火するものがなく、暖をとることができなかったようだ。ちなみに田代新湯はそこからさらに〇・五キロ上流にあった。

〈二十七日　朝小屋より三十米突(メートル)計(ばかり)の処に湯の湧出するを発見し、古舘と共に之を飲み再び小屋に帰るや古舘卒倒す……救護せしも終に其効なし〉

三十日以降、村松伍長は歩行することもできなくなっていた。そして、屯営を出発してから十日目となる二月二日、ついに村松伍長が救助される。この遭難で最後の救出となった。二月四日衛戍病院に入院、凍傷は重く四肢を切断されている。兵役免除後は郷里の宮城県で暮らしていた。昭和三十五（一九六〇）年のチリ地震津波で被害を受け、雪中行軍の記念品などはほとんど失ったらしい。

〈今年は雪中行軍六十周年記念に相当しているので、親類同士で記念のタバコセットを配ったそうで、ぜひ記念式典に出席したいと語っていたが、なにかの都合で出席しなかった〉（『青森市史別冊雪中行軍遭難六〇周年誌』）

最後の生存者、小原伍長

村松元伍長と同期の小原元伍長も凍傷により両足が足首から切断され、両手は親指を残すだけとなっていた。

〈郷里岩手の山村にかえり新妻とささやかながらも庵をむすんだ　やがて小原さんは　義足のないまま村役場に勤務することになるのだが　往復雇う馬車賃の方が　給金を上まわるということで役場を辞め　自宅で細々と駄菓子屋を営んだ　だがそれも束の間　手術痕の傷口が悪化したため　東京の廃兵院へ入院加療を続ける身となった　さらに昭和二十年初め　空襲が激しくなって　新築なった神奈川県風祭の国立箱根療養所に移った〉（小笠原弧酒『吹雪の惨劇第二部』）

昭和三十九（一九六四）年十二月二十日、陸上自衛隊第五普通科連隊の渡辺一等陸尉が箱根

療養所の小原元伍長に面会する。同連隊は八甲田雪中行軍遭難者慰霊行事の一環として、八甲田演習を計画していた。小原元伍長を訪ねたのは、遭難事故に関する聞き取りをして、その演習の資とするためだった。

聞き取りが行なわれた時点で、小原元伍長は雪中行軍遭難でただ一人の生存者となっていた。寄せ書きにこう書かれている。

〈友皆逝きて我一人八十六歳を迎いるは感無量である　昭和三十九年十二月二十日　八甲田山雪中行軍生存者　小原忠三郎〉

渡辺一尉が、「雪中行軍の状況をお聞きしたいと思います」と口火を切る。

「何ということなく質問して頂ければいいと思います。質問自体はどんなことでもお答えします」

小原さんは答えた。陸軍の呪縛が消滅してからだいぶ経っている。加えて自らの残された時間の少なさからなのか、その言葉は明るく実直だった。

雪国にある第八師団の意義と雪中訓練の状況について——。

「この雪中行軍を極めるということは、八師団がこの雪中における戦闘は、軍隊の最もその使命と言われたんですね。それで毎年雪中行軍はやったんです。あの五連隊で、毎年やっているんです。だけどその前の三十四年までの雪中行軍というのは、国道とか県道とか人の往来する道路を行軍したわけなんです。それがこれからロシアとか満州と戦う件では研究にならんと、それで今度は絶対人馬の往来しない深い雪を踏んで、道路のわからない所を行こうというのが、その行軍目的の第一課目だったんですね」

第八師団は、雪国にある師団として雪中訓練やその研究に力を入れていた。そして、事故のあった明治三十五（一九〇二）年は、既知の場所以外で訓練するよう師団から示されていた。

積雪のない時期における八甲田山付近の訓練について――。

「いや八甲田は行かないですね。三本木、八甲田山辺り、夏なんかはあったでしょう。我々の時代にはなかったです」

「まるで各県から集まった兵隊などが……青森の地形なんかわからんですからねえ。それがもう無謀に行ったんですから、だからああいう風になってしまったんですね」

雪のない時期も八甲田付近で訓練したことはないし、地形もわからなかったというのが実状だったようだ。

「二百十日過ぎるというと、田代というとこに人馬の往来はないんです」

二百十日というのは、節分、彼岸、土用等と同じ雑節で、立春から数えて二一〇日目の日となる。その頃はちょうど台風が来襲する時期と重なるので、農家は厄日として警戒していた。二百十日を過ぎて田代へ行くことは尋常でないようだったが、「山の神の日」に関しては気にする様子はなかった。

「ああそんな、私ら知らなかったんですが……」

実は、遭難事故後、演習部隊が「山の神の日」に山へ入りタブーを冒していたと批判する新聞があった。その「山の神の日」を新聞は二十四日としていたが、正しくは二十一日で、その二日後の二十三日屯営を出発したのだった。山の神の日は、主に山を生業として生活する人々の風習で、それ以外の人々にはほとんど関係がなく、知られてもいないものだった。

計画と指揮系統について――。

「ずっと前には計画を立てて居ったんですね……将校会議を開き、いろいろ会議を開いてそれで決定してやったわけなんですが……」

会議が開かれて計画が進められていたことがわかる。

「研修官、統監、何ていうんでしょう……、演習中隊長は神成大尉、大隊長はあれ何ていうんですかなあ……」

山口少佐は指揮官ではないが、その演習を統括する立場にあった。また、倉石大尉など中隊の編成に入っていない将校らは特に任務がなかった。

「だけども大隊長は人事不省になるまでは、いつでも、第何中隊前ッ、第何中隊前ッと命令を与えたもんだから、指揮官の代わりだと考えられますね。だけども表面上は神成大尉です」

神成大尉は演習中隊長となり、自らその計画を作成した。大隊長は本演習において見習士官らを教育し演習部隊を統裁する、統裁官だった。演習中隊の指揮はあくまでも神成大尉であったが、実際には山口少佐が演習中隊を指揮していた。

予備行軍について――。

「あれは一年、一ヶ月前ですね、予備行軍をしたんですよ。その予備行軍をした結果がですね、割合に順調であったんです」

予備行軍は本番の五日前となる十八日に実施されていた。ただ、行軍距離は片道六・六キロの田茂木野までだった。

服装について――。

「（話が途中から始まる）……ウサギの毛や牛やいろいろですね。あれを着たまま、あれをつまり首に巻いて、外とうはさらに本当に薄い布なんですよ。それを着ておりましてね、兵隊は小倉服、下士官以上はラシャ服で、微々たるもんだったですねえ」

　ねずみ色毛布外とうと呼ばれた防寒外とうには毛皮の襟巻がついていた。兵卒は綿の略衣とされた。

「（毛の下着を着ていれば）良かったんですけども、兵隊や下士官から、そういうものはなかったんですね。私らと一緒に生きた後藤惣助という兵隊はですね、宮城県出身の准尉の人が、もう定年が……何年切った、もうこれで異存がないから川の中に飛び込んで報告するというので、すっかりと服を脱いでですね、そいで入ったんです。その服を取って着て居ったんですよ。フランネルをね、とても暖かくてね、実際助かったてばす。将校のねえ、外とうは特段、兵隊や下士官あたり低級品ですからね……下士官なんかも日清戦争のとき、凍傷で切断されたとかね、あるいは死んだと全然知らないですからね。もうそれ知ったらまあ大変だったでしょう、先に取って……」

　小倉服は綿、ラシャ服は厚い毛織物の絨（じゅう）、そして下士卒の下着は木綿だった。綿は濡れると乾きにくく、肌にぴったりと張り付く。冬山には不向きな布地だった。

　カイロの携行については強い口調で、「ありません、全然ないです」と言っている。

靴について――。

「靴はわら靴ってありますね、あれを履いて行ったんです……カンジキ隊っていうの……そのわら靴の下に縛り付けましてですね……先頭に立てて、雪を踏ませて……」

「倉石さんがあのゴム靴ですね、今はないんでしょうけれども、オバシュズというのがありましたね、靴上にかけるの、あれを履いていたすね。それから伊藤中尉の靴は厚いわら靴履いてたすね、自分で……」

革靴は倉石大尉以外に履いておらず、ほかの全員は靴下や足袋に直接わら靴を履いていた。

食料について――。

「食べ物は一日分ですね、今何て言うか知りませんけど道明寺糒(ほしい)って、もち米を粉にしたのあるんですね、あれを小さい袋に入れてそれを三個持ったんですね。一回一食ずつですね。一個一食ですね。……自分で餅菓子なんか買っているはずの話もあったけんども、兵隊はまあそんな準備する時間もなかったんです」

糒は非常糧食で、全員一日分を携行していた。

二十三日六時五十五分、屯営出発、演習部隊は田代新湯に向かった。

「雪が多く積もっているだけで、天気は良かった」

経路を聞かれ、

「あそこの地形はわかりませんでしたけれど、目標ごとに行進したわけなんですけども名前ってどうなんでしょう……田茂木野あたりまでは部落がありますから、まだ向こうは全然……」

そして、ここが重要なポイントになるのだが、渡辺一尉の「案内人なんかは来られましたか」との質問に、小原元伍長は、

「よってません。全然ないです」

とあっけなく答えて終わっている。何もなかったのだから、ほかに答えようもないのだろう。

小峠の昼食時――。

「研究のためにおにぎりを袋に入れまして、腰に下げまして、第五中隊の曹長がそれを持って行ったんですね。石のようになって全然歯が立たないんですね」

田代新湯発見できず――。

「午後の六時から猛吹雪になって……寒さが激しいが……ともかく吹雪でも目的地の田代温泉に一直線に行くという決心で行ったんですね。行ったけれどなかなか見つからないんですよ、田代温泉は……斥候出して方々探しましたけれど、とうとう見つかりませんでしたね」

演習部隊は田代街道にいた。田代新湯はそこから北東へ約二キロの位置にあった。夜の猛吹雪では行けるはずもなかった。それ以前の問題として、田代新湯がどこにあるか誰も知らない

のだ。

露営状況——。

「その晩は吹雪を防ぐような木もないし雪の中にまあ立って……火を熾してもダメ……だんだんだんだん雪が解けて……」

雪壕は地面まで穴を掘ることなく、雪上で炭を熾していた。

「小隊で一晩中明かしていたわけですね。その頃まで別にその落伍者はなかったんですがね」

死亡者はまだ出ていない。凍傷予防のため足踏みをし、眠らないように軍歌を歌っていた。

「炊事が行きましたから。だけども、火を焚くことができないんですからね。そんなご飯が生で、生米みたいにご飯を食べさせられたんですね」

生煮えのご飯が配給されたのは翌日の午前一時頃だったが、ほとんどの者が食べなかった。

二十四日について——。

「朝の二時頃に幹部が重要会議を開いたんですね……」

会議の内容を要約すると、爾後（じご）の行動をどうするか。一つは、田代新湯に行けば隊員も休まる。一つは、田代はどうせ見つからない、朝になったら帰ろうと。二つを話し合った結果、すぐに帰隊することになった。

「翌朝が問題なんですね。連隊の方向がちょっとわからないんですな……幹部の方も見当がつかないってんだ」

　猛吹雪で帰る方向がわからないが、前日に歩いてきた方向、そうだと思われる方向に向かって前進したという。

「暗かったけれども、気温でもう早くその連隊に帰りたいもんですから……だんだんだんだんどうも方向の変なところ入ってしまったすなあ……だんだん山グルグル回っているうちに、だんだんだんだん兵隊疲労チクジョウ、そのうちに私の中隊の水野中尉が斃れたということが、その悲報が伝わったわけなんですねえ。いやはあ、びっくりしましたね。まさか死んだと思いませんでしたから」

　田代の土地勘はほとんどなく、とにかく帰りたい一心であてもなく出発しているので、現在地が全くわからなくなっていた。

　雪が深く部隊は一列になって進み、連絡は人伝いに行なわれた。軍医は看護長に、看護長は看護手にと命ずる。逓伝（ていでん）は時間がかかるので対応が遅れ、倒れたり、動けなくなった者は死亡してしまう。遺体はどうすることもできず、その場に置いて前進は継続された。

「その二日目の晩は一カ所に集まりまして、雪の中でじっとしてると死にますからね、そりゃどうしても体動かさなきゃならんです。足踏みしているんですね。それで疲れて倒れればそれっきりですね。本当に雪の中で死ぬということはもう簡単なもんですな……」

明け方から夕方まで歩いていたが、この第二露営地は第一露営地から南西にたった〇・七キロしか離れていない。やみくもに歩いていたために疲労は大きく、斃れる者が続出していた。第二露営地では死亡者が集中していて、その数は四十名ほどになる。

二十五日について――。

「神成大尉は非常に怒りましてね、そのまず寒いし、兵隊の方では『早く行進おこしてくれ』って言うし、大隊長は『待て』って言うんですよ。加えることに『行軍するとますます道に迷うから、夜が明けて明るくなってから出発せッ』といったんですよ。兵隊の方は『何このとおりでもう凍えて死んでしまいますから、もっと早く露営地を出発させてくれ』とこういったんです。大隊長もとうとう兵隊の望む意見にですね、涙をのんで出発を命じたわけです」

三時頃の出発だった。神成大尉は先頭付近を歩いていたが、その進行方向は帰る方向とは逆となる前嶽を登っていた。

「ますます吹雪が激しいために、神成大尉が怒ってしまったんですね。『これはだめだ。これは天が我ら軍隊の試練のために死ねというのが天の命令である、みんな露営地に戻って枕を並べて死のう』と、こういうわけなんでしょう。それでもうみんな士気阻喪したんですよ。帰るときはあっちでバタリ、こっちでバタリ、もう足の踏み場もないほど倒れたんです」

神成大尉は溜まりに溜まっていた怒りが爆発したのだった。山口少佐の演習中隊長を無視した行為、山口少佐の誤った判断による演習部隊の窮地、多数の死者、厳しい寒さと止まない吹雪、帰路がわからない苛立ちなどだ。

「神成大尉の言うとおり枕を並べて皆玉砕すると。そういう目的で露営地に帰ったんですね。帰って朝明るくなってから夜も明けてから調べたところが二百十のうち、わずか六十人……八甲田山に登って帰るとき、猛吹雪のため神成大尉も落胆してるような、士気阻喪したわけなんですね」

神成大尉が怒りを爆発させた直後に、死に対する恐怖からだろう、集団パニックが発生していた。部隊から離脱する者、倒れる者、動かない者など部隊はばらばらになってしまった。

「その朝初めて大隊長も二、三回人事不省になりましたよ。それから大隊長は、これはもうとても今までのような命令を出してね、やるなんて不可能であるから、今度各自欲するとおり原隊の方を確かめて原隊に行ってくれとこういうわけ……」

これだけでは山口少佐が各自に任意解散を命じたように聞こえる。この命令ははたして誰に対して発したものなのか。

小原さんは、五連隊の遭難史研究家小笠原弧酒の取材にこう証言している。

「ちょうど正午頃、山口大隊長殿も、中隊の欲するところに任せて、連隊に連絡するところを見つけるようにという命令でありましたが……」

つまり、山口少佐は各中隊長（中隊長欠の場合は次級者）に任意前進せよと命じたのだった。各人に命令していなかったのである。

人事不省となった山口少佐に代わり、倉石大尉は経路偵察に斥候を出した。それによって、鳴沢の橇が発見され、その方向に進むことになる。

「それから隊は全部そろって田茂木野の方向に移動、六十人いるうち、ラッパ吹いていろいろでぽつぽつ死にまして、わずか五十人しか残んなかったでしょう。……いよいよ田茂木野の近くになってやれ安心と思って前進したところが、そのときばあッと天が暗くなって全然もう闇になってしまってね、そして暴風も、全然一寸先見えません」

小原伍長は田茂木野の近くといっているが、実際には馬立場の近くで、田茂木野まではまだ一〇キロほどあった。前進方向が不明となり、隊員の疲れもあり、そこで露営となる。

その後、賽ノ河原～大滝平と進み、マグレ沢を下って大滝に出た。そこから駒込川沿いに下って営所へ帰ろうとしたが、両側は崖で進むことが出来なかった。一行は引き返す体力もなく、その川べりに留まっていた。

「常識を失ったこともありますよ……私の中隊長なんか、兵隊の剣持ってきて、『どうだお前ら、これから筏でいって連隊へ報告するから筏作るんじゃねぇがぁッ』……そんな調子だったんですよ。だから中隊の見習士官が川に入って行って報告するというわけだったんですね……今泉見習士官が川に入ったんですね……神経がすり減ってしまうのか、川の中に入って生きて報告するなんてできないはずなんですけど、あの場にいるとできると思うだにかわってくるんですなあ。中隊長の前に行って報告せっていうんで、倉石さんが万歳の声ですね。そうして川に入って、流されて行ったんですね。川に入って流れたら、暇もなく死んだでしょう」

不眠が意識をもうろうとさせ、幻覚がひどくなっていた。そうしたなかで、川に飛び込んで流れていけば屯営に着いて助かると思うようになっていたようだ。強要した者も、我に返ったときは自責の念に駆られて苦しむはずだが……。

「見習士官の遺族に中隊長は泣かれてすごかったそうですよ。中隊長命令してやったんだろうけども、まあそこ、はっきり言えませんですけれどもですね、常識的に何もその好き好んで川に飛び込んだんじゃないと、つまり中隊長の命令によって川に入ったんだと……川に入って助かるはずはない……命令で入ったからと言ってだいぶ嫌味に泣かれたということを聞きましたね」

山口少佐は何度も人事不省になっていたが、理性は失っていなかった。

「大隊長は私の前で寝て居ったんです。『どッ、どうするッ』、『夕べ佐藤准尉とそれから下士官と四人で川に入って一刻も早くこの状態を連隊に報告するが為に約束したんです。私はこれから飛び込みます』、大隊長『待てよ、そんな馬鹿な真似待て』ったんです。『夕べ一緒にいたけど、佐藤准尉なる兵隊、そこにいて死んでるじゃないか』、んだんだね、こりゃなるほど、川向かいにちゃんと石像のように死んでるでしょ……そういうような状態であったんです」

山口少佐が小原伍長を止めていなければ、こうした証言も存在しなかった。

一月三十一日について——。

「中隊長と伊藤格明中尉と私と後藤惣助の兵隊と四人でね、登るって決心したんですよ……木にすがってようようの次第で……登ったんですね。そうしたところがずっと向こうにカラスのごとく人影がある。それがどうしてもこっちを見ても何回見ても助けに来ないんですね。……それから一生懸命になって叫んだところ、どこかでやっぱり行軍隊だと思ったのかしれませんが、それが助けに来ましてですね、そしてまあそのとき初めて捜索隊と分かったんですね。捜索隊が来て、そして捜索隊に助けられた……」

津川連隊長が生存者はいないとしたので、捜索隊もはなから生存者がいないものとして行動していた。そのため、捜索活動は緊急意識に欠けていたのだった。

「二月一日には陸軍病院に入ったわけなんですが、そのときまだ私らの組に入った人は四、五人生きて病院に来ましたよ。だけどもやっぱり、病院に入って間もなく亡くなりましたね。大隊長も生きて来ました」

大隊長は翌日の二十時頃に容体が悪くなり、二十時三十分に心不全で亡くなっている。

「村松という人はまた田代の元湯まで行ったんですね。それもまたひどい凍傷にかかったんですね」

途中で、「村松伍長だけ向こうの方に」と渡辺一尉が質問した。

「ああなってくるともう全然もう何もないですからね、まあその自分で勝手に行ったんでしょう。勝手に行ったんだから何しに行ったかわかりませんがね。ああいうときというもの二十人だら二十人私らが行ったのも、固まったけれども、後の残っている人たちが皆田茂木野の方だと思って方向もろくに確かめずに行ったでしょ。それが途中で、はぁもう亡くなってしまう人もいましたものね……」

小原元伍長は、主力と行動する者、自分勝手に行動する者など、演習部隊が分裂していたことを証言した。

それから、小原元伍長は意外なことを話す。

「三十一連隊は行ったことは行ったけど、あのときでなかったらしいですよ。翌年だか翌々年だか、ともかく私らのときの行軍の失敗をちゃんと世の中で分かってからやったらしいんです。だから準備も良かったんですよ、案内者をつける……だから大した損害はなかったらしい……五連隊と一緒にその行軍やるなんてことはないと思っていたんです……」

小原元伍長は、三十一連隊が八甲田周辺で雪中行軍をしていたことを知らなかったのだ。その事実は、救出された下士卒に伝えられることはなかったのだろう。三十一連隊が田代を事故なく踏破したことを生存者に知られたら、不満のもととなることは必至だった。そのため、五連隊は情報統制をしていたのだろう。

「中隊長も軍人、伊藤中尉も、長谷川准尉も皆凍傷に罹らないでしょう。それで評判がやっぱり悪いこともあったんですね。あれ将校も凍傷に罹っていればね……若い将校は全部死んでいるでしょう……中隊長も、伊藤中尉も日清戦争に行っているんでしょう、日清で凍傷に罹って傷の治し方なんか知っているんですよ。……ああいう人達先に立って雪を踏みませんからね……そういうの全然言わなかったですね……死ぬか生きるかという境に、大尉だから先に立たないとか、兵隊だから先に、そんなことは一切水に流してね、お互い踏んで、はい今度は中隊長がお先、中尉がお先、そうして四人で山に登ったのが助かったんですよ。あれがもうなかったら、どうなっていたかわかりませんね」

「私の中隊長なんか、夜になると靴を脱いで一生懸命足を揉んでいましたからね、そんなの何もわからんですよ、何のために揉んでいるのか」

不満は隠せなかった。中隊長ら職業軍人は、日清戦争などで凍傷に関する知識を持っていた。だから凍傷が軽く済んでいる。また、ラッセルなどをやらないから体力が残っていたと。雪中訓練に関する研究が盛んに行なわれていたが、凍傷についての教育が徹底されていない問題点が見えてくる。

「あれが為になったんでしょう。日露戦争で勝ったんですよ。防寒具から何から全部変わったんですから」

自分たちの事故によって、防寒の服装や装備が改良され、その効果が厳寒の満州で発揮された。そして、寒さに強いロシア軍に勝つこともできた。自分たちの犠牲が勝利につながったのだと思わずにはいられなかった。そうしなければ、自分たちが犠牲となった意義を失ってしまう。手や足を失い、不自由な生活を余儀なくされた六十八年間は一体何だったんだ、となってしまう。

「伊藤中尉は行って、大尉になって帰って来ました。長谷川准尉も行って大尉までなりましたね。ここに来ましたよ、二、三回。もう亡くなりましたね」

遭難事故での生存者は、自分一人となってしまった寂しさがあった。

この聞き取りの最後は、次の言葉で終わる。

「助かったというのが、やっぱり丈夫なとこあったんでしょう。まあしかし、自分の力では到底生きることはできないと決意したものですから、今時おかしいけれども神様に助けられたと、そう思っています」

当時、八甲田で起こった遭難事故はすでに風化し、人々から忘れられていた。ただひとり、この事故を調査研究していたのが、青森県在住の元新聞記者小笠原弧酒である。事故で亡くなった遺族や、捜索などに関わった人々を取材して全国を回っていた。そのなかで偶然、小原元伍長が生存していることを知り、取材をしたのが渡辺一尉の面会から三年あまり経った、昭和四十三（一九六八）年八月だった。小笠原は昭和四十五（一九七〇）年七月に、五連隊の出発前夜までを書いた『吹雪の惨劇第一部』を出版している。

この小笠原の活動がやがて『八甲田山死の彷徨』(新田次郎著)、映画『八甲田山』へとつながるのだった。

昭和四十五(一九七〇)年二月五日、小原さんは九十一年の生涯を閉じる。生前、小原さんは小笠原に、死んだら仲間が眠る幸畑の陸軍墓地に骨の一片なりとも埋葬してくれるようお願いしていた。

「小原忠三郎さんの遺骨が十日、十人の生き残り隊員の眠る青森市の幸畑陸軍墓地に埋葬された」(五月十一日、東奥日報)

あれから六十八年が経ち、ようやく演習部隊の二一〇名全員がそろったのだった。

第二章

津川連隊長の岩手耐熱行軍

強行軍と広報

雪中行軍遭難者の陸軍墓地埋葬式が行なわれた二日後の明治三十六（一九〇三）年七月二十五日、五連隊は強行軍を実施する。

遭難事故は昨年一月に発生し、その六月に捜索が終了した。七月に招魂祭が行なわれ、その冬は雪中行軍が実施されていない。五連隊は俗にいわれる喪に服して、一年間はおとなしくしていたのかもしれない。七月に埋葬式が終わったことで喪が明け、満を持して強行軍が実施されたのだろう。

強行軍とは通常の行軍よりも一日に歩く距離を増やしたり、あるいは速度を速めたりして実施する行軍のことである。この強行軍には、雪中行軍遭難事故による五連隊や軍隊への悪いイメージを払拭し、入隊志願者を減らさないようにするという大きな狙いがあった。

その強行軍の計画から実施成果までが、明治三十六（一九〇三）年十二月の『偕行社記事』（第三二七号）に載っている。

訓練期間は、七月二十五日から八月七日までの十三泊十四日で、そのうちの七月二十九日と八月三日が休養日となっていた。岩手県での行動は十日あまりになる。経路は、青森屯営～碇ヶ関〜花輪〜盛岡〜遠野〜宮古〜久慈〜八戸〜青森屯営まで、その総距離は一三二里（約五二〇キロ）となる。八戸の尻内から青森の浦町までの間は鉄道利用となっていた。一日の行進距離は少ない日が三二キロ、多い日が五七キロで一日平均約四五キロとなる。

この行軍がいかに長期間で長距離であったかは、大正時代の記事でわかる。

〈今年は極めて猛烈な耐熱行軍が行われた。各中隊から十二名乃至（ないし）十三名の二年兵が選抜されて、特に強行軍の一中隊が編成される。一日の行程十二里強、五日間に六十幾里を突破しようというのである〉（二瓶一次著『兵営事情』）

編成は連隊長の津川謙光大佐（明治三十六年一月十三日、大佐に昇任）以下二〇一名である。編成の特質として、連隊長が参加していることと、軍医を含めて将校の参加が十九名と多いことがある。一個中隊規模の訓練に連隊長が参加するなどほとんどないことからすると、津川連隊長の並々ならぬ意気込みが感じられる。

多くの死者を出した遭難事故によって五連隊やその指揮官が良く評価されるはずもなく、その汚名をそそぐために津川連隊長が力を入れて取り組んだのは間違いないだろう。もしかすると、上級部隊からの命令だったのかもしれない。

目的の第一に、〈特別の時期に於いて特殊の任務を課するの目的を以て平時より各中隊に選抜したる健脚下士卒を一隊とし以て行軍を施行し其脚力を試験せんとす〉とある。数日にわたる強行軍は連隊において大きな行事であり、例年行なわれるものではなかった。五連隊は一年で一番暑い時期に強行軍の試験をするとしている。それは、一年で一番寒い時期に行なった雪中行軍が大事故となってしまったことに対する、負け惜しみのようなものであったとも受け取れる。

この種の訓練は、事故で士気が低下した部隊にはカンフル剤となる。困苦は将兵を強くし団結を固くする。また、強行軍を成し遂げれば部隊全体の士気も高揚する。

ただ、真夏の行軍は軍隊で一番過酷な訓練ともいえ、多数の脱落者を出してみっともない訓練となる可能性もあった。汗は滝のように流れ、銃（約四キロ）の負いひもや二〇キロ近い背のうが肩に食い込む。足にマメ（水ぶくれ）ができたら最悪で、その足が地面に着くたびに激痛が走るのだ。そのため、体力と気力のある下士卒が選抜される。

雪中行軍は耐寒訓練であり、かつ歩行困難な雪中を歩く。そうしたことから、夏季の訓練に比べて速度を求めるものではないといえる。寒さ、冷たさ、歩きにくさはあるものの、体力的には夏の強行軍のほうが厳しいように思われる。

行軍目的の第二に、〈岩手県東海岸地方は未だ軍隊の通過せしことなく……〉とある。その続きを要約すると、満期除隊した下士卒の話などから軍隊の概要を知るだけで、軍隊を見たことがある者は極めて少ない。そのため、地方官民はしきりに軍隊を見たいと希望している。地方住民に軍隊を見る機会を設けることは、軍事を重んじる精神の高揚に役立つものである、というようになる。

疑問は、どうしてこの時期に岩手県なのかだ。

五連隊の徴兵を担当していたのは盛岡連隊区であり、遭難事故で犠牲となった下士卒の多くは岩手県出身者だった。遭難事故後すぐに、陸軍は徴兵などへの影響を心配し、県民感情を調査していた。

「大森憲兵上等兵歩兵第五連隊雪中行軍実況視察報告」というものがあり、岩手県胆沢郡の各村を巡回した結果が書かれている。要約すると、以下のような内容となる。

この遭難事故に対する世論は、「凍死者遺族」と「下等社会の細民間」は、「連隊長又は大隊長の不注意」によって発生したとし、「中流者」は、「連隊長が早く救助隊を沢山」出さなかったことを批判している。また、「上流者」は、雪中行軍は必要な訓練であるが、「二百余名を殆んど死に至らしむるは欠点」であるとしていた。

子どもを失った親の悲しみは、おそらく親兄弟や配偶者を失う悲しみよりも深いと思われる。

その原因が軍隊の訓練事故となれば、怒り心頭で許容できないことだった違いない。
泉舘元伍長の『八ッ甲嶽の思ひ出』に当時の遺族の状況が書かれている。泉舘元伍長の元上司が当時五連隊にいて、遺体を遺族に引き渡す任にあたっていた。

〈現時の状況に不満を懐(いだ)き、憂憤の余り時に過激の言を弄する者等あり親心として無理もなき事……〉

この遭難事故によって、岩手県民の軍隊に対する感情は良いはずもなく、そのようなことから、この行軍訓練は陸軍に対する不信感をなくし、県民との融和を図るための広報活動だったともいえる。郷土の若者は皆元気に頑張っていますよ、心配はいりませんよ、というようなことなのだろう。

その他の目的には、士官候補生、一年志願兵並びに長期伍長の教育、将校の現地研究などがあった。

津川連隊長は将兵への訓示において、その広報活動を強調している。

〈諸子の行動は実に帝国軍隊を代表して以て其実況を媒介するの一大責務を有す〉

編成の細部は、連隊長、士官（軍医含む）十九名、士官候補生六名、一年志願兵六名、下士（曹長一、看護長一、長期伍長十四、計手一を含む）二十八名、兵卒（看護手二、従卒二を含

む）は各中隊から選抜された一三七名、馬丁（馬の世話や口取りをする人）四名で計二〇一名となっている。

服装は、軍装で夏衣袴（上衣、ズボン）。

各中隊の携行器具に小斧もしくは関節鋸一がある。あの遭難時には携行していないものだった。夏なので木を切って暖を取ることもないと思われ、炊飯や非常時などのためなのだろうが、自炊は一度も行なわれていない。

下士以下の背のう入り組み品は、夏衣袴一着、夏糯袢袴下（シャツ、ズボン下）一着、被服武器手入品一組（二人につき一組）、靴傷膏若干、空砲三十発、日用品若干である。兵卒の負担量、つまり銃、銃剣、背のう（入り組み品含む）を合わせた重量は約二〇キロとなる。

将校の荷物は将校行李で馬車に積まれる。

五連隊の強行軍に関する記事は二四ページと図一枚からなっており、その一〇ページが行軍衛生事項に割かれている。その内容には行軍実施状況、気象、道路状況等があり、別の項目に入るようなことまで書かれている。雪中行軍遭難事故の影響なのか、衛生に何でもかんでも書き入れていた。衛生に関しては、準備間、行軍実施間、宿営間においての手引き（マニュアル）となるものでなければならない。それに基づいた行動をすることによって、ケガや病気、事故を防げるのだ。例えば、夏の行軍休憩間は靴を脱いで足を冷やすのは、長く歩いた足が熱をもちマメができやすくなるからである。また、靴を脱ぐことで靴の中や靴下の蒸れを減らすこともできるからだ。こうしたことは過去からの教訓の積み重ねでできたものである。そして一番重要なのは、それら注意（指導）事項を紙に書くことではなく、いかに隊員に教え徹底するかなのだ。

あの遭難事故の生存者で、経験の多い将校らは濡れた靴下を脱いで足に毛皮を巻いたり、気がついたら手や足を揉むなどしたりして凍傷を防いだ。凍傷の怖さを知らず、そのような予防法も教えられない下士卒は、手や足が冷たくなってもそのままにし、ある者は凍えた手足を火にあぶり、重度の凍傷となってしまい、生存者全員が手や足を切断していた。

やはり、何事においても基本教育や教訓の徹底が重要なのである。

この強行軍の計画や準備を見てみると、訓練計画は綿密に練られていた。地図によって経路は示され、宿泊場所は事前に調整されていた。準備訓練は四回実施され、約一四〇キロ歩いている。あの雪中行軍では行なわれていないことで、その違いがまさに教訓になっている。検閲や訓練というのは、事前準備でその成果がほぼ決まってしまうのだ。

演習間の天気は、

〈大概曇天若しくは少雨にして日光の直射を受け若しくは外套を着する程度の降雨少なかりし〉

とあり、日々の最高気温は二〇・五～三一度となっている。

行進は、出発が早い日で三時五十分、遅い日で九時二十分、終了が早い日で十六時三十分、遅い日で二十五時十分となっている。

行進が遅れ、夜間の行進もしなければならなくなった原因に、広報業務があった。

〈地方官民の歓待に遇い余儀なく休止時間を長からしめたる〉

〈地方人の望みに従い或は密集教練或は野外演習を実施し以て目的の一部を達することを務めり〉

日ごとの行進速度（時速）は三・七五～五キロとなった。通常、日本陸軍の行進速度は時速四キロである。一時間に十分の小休止、昼食時に一時間の大休止となっている。行進速度や大休止は天気、道路状況、疲労等により適宜緩急を調整する。

患者は十六名発生し、そのうちの八名が還送されている。その症状と人数は靴ずれによる傷三名、足関節打撲二名、足捻挫一名、腸炎二名である。また、遅れたり馬車に乗ったりした落伍者も毎日のように発生していた。

背のうを背負って真面目に行軍しているのは士官候補生、一年志願兵、下士卒の計一七七名で、患者はそのなかから出たとすると約九パーセントの損耗となる。その他に落伍者もいるのだ。各中隊から選抜された健脚の下士卒から成る編成にしては少し多いように感じる。本訓練の目的に、脚力を試験するとあったが、そうだとしても、行軍するうえで兵力の損耗を努めて少なくするのが重要である。そういったことからすると、五連隊の成果が十分だったとはいえない。

　広報に関しては成果を収めていたようだ。

〈岩手県東海岸地方人民の純朴なる或は一家を挙げ或は一村相誘い遠近相集り屋内に屋外に斉(ひと)しく団欒正座して軍隊の通過を拝するを例とせり〉

　宿営は、事前に市町村役場に依頼して民家に泊まる舎営である。計画では食事は自炊の予定だったが、宿主などの歓待により一度も自炊することはなかったと成果にある。だが、食事を自炊とした計画は本当なのかという疑問がわく。舎営は部隊から役場に宿泊料が支払われ、その宿で食事をまかなってもらうのが一般的である。

　成果にもこう書かれている。

〈宿営地の町村は其公費を支出して宿舎の費(ついえ)に充(あ)て舎主の好意は更に之に追加して下士以下は

勿論馬丁と雖（いえど）も食膳の不足を訴えるを聞かず〉

宿となる民家には宿泊料が支払われているのだから、当然のように食事が賄われるはずである。意外なのは、五連隊が支払うべき宿泊料を市町村の役場が支払っていることである。やはり、郷土部隊がわざわざ青森から来てくれたとして、役場も大盤振る舞いをしたのだろう。

また、宿泊先の家主も名誉として演習部隊を歓迎した。

だが、成果にはこんなことが書かれている。

〈一、二宿営地を除くの外満足なる宿営をなすことを得たり〉

〈宿舎は其貧富により清潔の度多少の差を見たりと雖も、概して掃除行届きたるを認めたり。之れ地方庁に於いて軍隊通過の為、特に厳重なる大掃除を為さしめたるに依ると聞けり〉

民家にただで泊まっているのに、どうすればそんな贅沢なことがいえるのか、軍人のおごりでしかない。

宿泊先の饗応もすごかった。

〈宿主好意による副食物の一般を記さんに……其一は海遠距して川魚（鮎、鰻、鯉、鱒）及び獣（重に牛肉）鳥肉野菜を主とし海魚貝の塩漬或は干物を副（そ）えたるもの。其二は海浜にして海魚貝（鯛、鰈、ホヤ等）及び獣（重に牛）鳥肉野菜を主としたるもの之なり〉

営所内では食べられない山海の珍味が食事に出され、当然酒も用意されていたに違いない。明治三十三（一九〇〇）年二月に、五連隊は青森屯営から僅か一〇キロほどの油川村に舎営している。

〈五連隊雪中行軍にて当村に一泊せり、三大隊長宮原正人外二百十人、宿泊料将校一泊六銭、下士卒五銭〉（西田源蔵著『油川町誌』）

宿泊を割り当てられた家々では、寝具や食事の準備をしなければならない。酒、たばこ、自分たちが普段食べられないようなご馳走などでもてなした。

ちなみに、当時、青森市内にあったある旅館の宿代が一人一泊六十銭、たばこ「ヒーロー」が三銭五厘、米一升が十二銭だった。

宿泊を引き受ける家は、そのすべてが裕福とは限らない。当時の町や村に裕福な家はほんの一握りだけで、他はやっと生活をしているのがほとんどであっただろう。

陸軍はこのような舎営を当たり前のようにずっと続けていた。廉潔を重んじる武士の心持ちはどこにいってしまったのか。

こうしてみると、五連隊は最初から自炊する気があったとはどうしても思えない。夜遅く宿営地に到着し、それから疲労困憊（こんぱい）した下士卒が食事の準備を始めるなど考えられないことだった。

強行軍はおおむね計画どおり実施され、軍靴の研究も行なわれていた。それは津川連隊長が、この訓練の計画から実行までを本気になって指導していたからにほかならない。

すべてにおいて準備不足だった一年半前の雪中行軍の失敗がそうさせたのだろう。だが、所詮あとの祭りなのだ。一九九名は生き返らず、八名の失った手足は元に戻らないのだ。

福島大尉の更迭

明治三十六（一九〇三）年九月十七日の東奥日報に「第四旅団副官等の交迭(ママ)」の記事がある。

「歩兵第四旅団副官大尉福島泰蔵氏は歩兵第三十二連隊中隊長に……転補せらる」

この人事には事情があった。

一年半あまり前に起きた五連隊の遭難事故のとき、三十一連隊の福島大尉率いる教育隊は、田代を越えて青森の旅館で休んでいた。福島大尉の計画では、青森から油川を経て梵珠岳を横断し、原子山を通過して帰営する予定だった。

三十一連隊の田代越えを心配していた友安旅団長は福島大尉に対し、五連隊が遭難している状況に鑑みてその実施を止めるよう諭したが、福島大尉は納得せずなお予定どおり実施すると主張した。

「大尉意気は尤も盛にして猶お予定通りの梵珠諸山の進行を請う」

「去れども許されざるを以って遺憾ながら青森より浪岡を指して行進したるなり」（二月四日、東奥日報）

　要するに、この日友安旅団長と福島大尉は衝突していたのだ。

　それから程なく、福島大尉は自らの雪中行軍が評価されないことから、親友である東奥日報の齋藤武男記者に、三十一連隊の雪中行軍の成果が天覧されるかのような内容の記事を数回掲載させた。だが、三十一連隊の田代越えは五連隊遭難の非難材料にもなり、師団長が進退伺を出している師団司令部にとっては迷惑なことだった。

　師団の対応は意外と素早かった。

「歩兵第三十一連隊中隊長歩兵大尉福島泰蔵氏は歩兵第四旅団副官に補せられ……」（三月十八日、東奥日報）

　師団は福島大尉から三十一連隊の肩書を外すことで、三十一連隊の田代越えを福島大尉の宣伝材料とされないようにしたのだ。友安旅団長と三十一連隊長の児玉軍太大佐の二人は生まれが周防国（長州）だったことから、そのような人事となったのだろう。

友安旅団長と福島大尉は反りが合わず、一年半後、先にあった新聞記事のとおり、福島大尉は師団と旅団の司令部がある弘前から、遠く離れた山形へ転出となる。送別会は九月二十二日午後五時から弘前偕行社で催された。

おそらく齋藤記者が書いたものと思われる記事がある。

「大尉は昨年雪中行軍に於いて万難を排し其の目的を達して名声を博したる人、精悍進取の気象(ママ)に富み将来有望の将校なるが氏の如き気骨のある人を今の第四旅団の副官に失いしは惜しむべしというものあり」(九月二十日、東奥日報)

反抗的な福島大尉を転出させて新しい副官を迎え、気持ちよく仕事をしようと思っていた友安旅団長だったが、十二月の将校現役定限年齢改正(服役年限短縮)により淘汰される。

「歩兵第四旅団長友安少将は既報の如く今般定限年齢満期にて予備編入にありたれば本日弘前出発山口県へ帰郷さる由」(十二月六日、東奥日報)

送別の宴は、四日に三十一連隊の将校一同、五日に立見師団長以下弘前衛戍将校一同で催された。

その頃、日露間の外交交渉が繰り返されていたが、双方の主張がすり寄ることはなく、平和的な解決の道は見えなかった。一触即発の危機は迫っていた。

ところで、三十一連隊の雪中行軍に従軍し、「兵士の死屍二箇を発見せり……」と記事を書いた東奥日報の東海三郎記者は、その後どうなったのだろうか。

昭和五十二（一九七七）年一月二十三日の東奥日報に、実の妹さんの思い出として、東海記者の田代越えの困苦とその後の動向が語られていた。

「帽子も外とうもしみついてしまって、死ぬだろうと思ったと言っていた。それにハラがすいてどうしようもなく、在からもらった干しモチをかんで助かったとも。足が凍傷にかかって十日ぐらい医者にかかって、そのあと大鰐温泉に湯治に行った」

「その東海氏も二十二歳で記者生活にピリオドを打ち入隊、除隊後一時北海道に渡ったが帰郷、四十五歳の若さで亡くなっている。遺族はいないが……その後、雪中行軍について多くを語りたがらなかったとか」

東海記者は妹さんに、「写真はなくさないよう、ちゃんとしまっておきなさい……」と言い残している。その五枚の写真は、五連隊の遭難した明治三十五（一九〇二）年に、東海記者が福島大尉率いる教育隊の雪中行軍に従軍したときの写真だった。その概要をいうと、一月二十日の「大光寺村の菊池邸での集合写真」、「黒倉山の登はん」、二十一日の「琵琶平の行進」、二十二日の「十和田山中の集合写真」、二十六日の「倉手山の氷壁」である。

菊池邸と倉手山の写真では東海記者がはっきりと確認できる。特に「倉手山の氷壁」の写真では東海記者が中央付近で、その左に福島大尉が写っている。さらにその状況が一月三十日の東奥日報号外に書かれている。

「撮影を試む福島大尉と予とは氷柱の直きものを選んで杖に擬し一行と共に之に加わる」

ここは田代街道の三本木側入り口付近であった。そこで法奥沢役場の職員が合流し、部隊を食事が準備された場所へ案内した。山を下り国道に出て村端に進むと、そこで村の小学校の職員と生徒が「三十一連隊万歳」、「探検隊万歳」と三唱して一行を出迎えた。

「大深内村と共同にて天狗煙草一個ずつを贈り尚午餐(ごさん)を喫せるの時清酒と吸物とを饗せらる。暫らくにして又行くこと半里深内小学校生徒は職員より引率せられて村端まで出迎え、『雪中行軍隊万歳』を唱う。尚お休憩所に同村の豪富なる小原金次郎氏方に休息を設けられ茶菓を饗せらる」

「再び出発進んで増沢村に達したるに恰(あたか)も午後三時半……此の夜茲(ここ)に舎営して優待を受く……」

翌二十七日、日の出にはまだ早く、空は群青色だった。外に出ると寒気が肌を刺す。雪は前日の足跡を消していた。

「午前六時出発熊澤川に沿って進む……此の日大吹雪一歩進めば跡忽ち雪の為に蔽われて痕を留めず……田代に至って宿舎すべき目的にて進行し一里前に至るの時、日漸く没して風雪又加わる茲に於いて一同軍歌を合唱して勇を鼓○更に進み午後九時半に至るや殆んど咫尺を弁ぜず即ち止むなく二丈余の雪穴を穿ち拾い集めたる松樹枝根を焚いて露営す……」

足踏みをして寒さを凌ぎ、一睡もすることなく二十八日を迎えた。東の空がうっすらと白みはじめた頃、嚮導が発見した小屋に教育隊は移動する。

「此の小屋に至り漸く暖を取り又も携うる所の餅を取って朝餐に代え、尚おも進んで……頂上に至れば雪殆んどなし恰も一面凍りて滑ること甚だしく歩みを運ぶに苦しむ」

そして後々問題になったと思われる部分となる。

「山上を徘徊するや兵士の死屍二箇を発見せり嗚呼是何者ぞ或は云う自殺者ならんと誰か図らん是れ予等と同じく雪中行軍の途に上れる五連隊の惨死者ならんとは然れども死屍は如何ともすべからず予は即ち傍に棄てありし軍銃二丁を肩にして山を下る。一行は幸畑に出づべき目的を以て進行したるも道を失して四方を徘徊し……」

三十一連隊の教育隊は馬立場付近で兵士の遺体を確認しており、軍銃二丁も拾っていた。田茂木野に近づいていたが道に迷っていた。その原因は、増沢からずっと田代街道を案内していた嚮導を、福島大尉が大滝平付近で置き去りにしたからだった。福島大尉は、五連隊が山中で遭難し、その捜索が行なわれていることに感づいていたようだ。そして、自分たち三十一連隊が嚮導を利用していたことを、五連隊に知られたくなかったためにそうしたのだろう。

田茂木野到着は二十九日未明になっていた。

「午前二時頃田茂木野に達し更に進んで昨日午前七時一同無事青森に入る……予の従える行軍隊は更らに梵珠山を越えて北郡に入り原子を経て弘前に帰る予定なりしも師団の命令により本日午前七時当市出発国道を進行し浪岡に一泊し翌帰営のこととなれり……」

二十九日に青森市内のかぎや旅館と中島旅館に到着し、その日は休養している。翌三十日に青森を出発して浪岡に宿泊し、弘前の営所に到着したのは三十一日十四時三十分だった。

東海記者は記者生活にピリオドを打ち入隊したとされているが、職業軍人とならず除隊しているのだからどうも合点がいかない。記者を辞めたのは不本意だったのではないか。そして辞めさせられた原因は、「兵士の死屍一箇を発見せり……」とした記事にあったのではないか。推察は飛躍しすぎているとは思えない。その結果、東海記者は不遇な人生を送る羽目になってしまったのではないか……。

もう一人、新聞に関係した人物がいた。福島大尉の親友でもあった東奥日報の編集人齋藤武男（碧山）記者である。弘前市に八師団が設置されると、弘前支局で師団担当の記者になっていた。漢詩に長じていたので、立見師団長とは詩友だったという。そういえば、福島大尉とも漢詩によって結ばれていた。

日露戦争時の明治三十七（一九〇四）年九月、齋藤記者は第八師団の従軍記者として戦地に向かった。

〈当時、斎藤は五十四歳、老年とはいえぬまでも老境に近い年齢なので、本社はその決定にためらったようである。しかし強い決意を示して譲らなかったので、その希望を入れざるを得なかったという〉（『東奥日報百年史』）

黒溝台の会戦が終わる頃から健康を害し、軍医の勧めで青森に帰ったのは三月だった。帰還後はしばらく静養していたが、健康が回復したので戦闘の記録を編集した。そして出版されたのが『黒溝台劇戦記』と『第八師団戦記』である。

第三章　旅順総攻撃

情報不足と甘い戦略

明治三十六（一九〇三）年十二月十七日の東奥日報を見ると、日本とロシアの交渉は決裂寸前であることがわかる。

「本日午后首相官邸に於いて四元老会議を開き小村外相、寺内陸相、山本海相等も出席し密議せしが露国の回答不充分なるを以て最後の決答を求むることを協議せり」

年が明け、二十四日の新聞を見ると、「八師団の雪中行軍」という見出しが目にとまる。

「第八師団弘前屯営の各隊は混成隊を編成し、雪中に於ける行動を研究すべく、愈々明二十五日を以て行軍の途に就かんとすと云う」

そして、「今回の行は歩兵第五連隊凍死事件以来の事なり」とある。

八師団は、五連隊の遭難事故がよほどこたえたのか、前年に雪中行軍を実施していなかったのだ。雪中における種々の試験は雪国師団の義務だと天皇に奏上していながらである。また、記事に「弘前屯営」とされていることから、五連隊は二年連続雪中行軍をやらないのかなと思っていると、二十七日の新聞に、

「歩兵第五連隊にては来る二十八日田茂木野方面において雪中行動に就いて研究する由」

とあった。田茂木野は営所から七キロ弱で一般の訓練と変わらない。弘前の部隊がやるから、慌てて五連隊もやると言い出したのかと思われる。三十一連隊の田代越えに対抗して五連隊長が命じた演習が、遭難事故となった構図は、何も変わっていないようだ。

その前の記事に、

「雪中行軍の見合せ　第八師団弘前なる各隊は混成隊を編成して一昨二十五日を以て雪中行軍の途に就くの計画ありしとは本紙の既報せし処なりしが、其の後聞く所によれば俄かに見合することとなりし由にて、右は全く時局の切迫に伴う為めなりとか……」

開戦が決定されたのは二月四日の御前会議であったことから、軍の上層部ではすでに開戦準備を進めている。師団のお膝下の部隊も開戦を察知して訓練を中止したのだろう。どうも師団司令部から遠く離れた五連隊は、いま一つ情報が遅れているような気がする。

そして二月、ついに日露開戦となった。

日本陸軍は第一軍の鴨緑江(おうりょくこう)会戦、第二軍の南山攻略戦と勝ち進み、次は第三軍の旅順要塞の攻略となる。第三軍は司令官に長州の乃木希典(まれすけ)大将、参謀長に薩摩の伊地知幸介少将が就任した。その編成は、南山で戦闘した第二軍から抜ける第一師団と第十一師団、それに第九師団を加えたものとなる。

この陸軍の部隊運用に関連して問題がくすぶっていた。戦地は中国大陸なので、日本にある大本営では戦況に即応できない。そこで陸軍参謀次長の児玉源太郎中将は満州において全軍を指揮できる戦地大本営（陸軍大総督府）構想を進めたが、陸軍大臣寺内正毅中将、首相桂太郎大将、山県有朋元帥らに反対され、その結果誕生したのが大本営の出先機関とされた満州軍総司令部である。そこに大本営参謀本部の参謀総長大山巌元帥と児玉中将が横滑りで任命され、総司令官大山元帥、総参謀長児玉中将となった。留守となる参謀本部の後任は、参謀総長が山県元帥、参謀次長が長岡外史少将となった。

児玉中将が当初から軍の指揮に関して危惧していたとおり、国内にある大本営が満州での部隊運用や作戦に口を出し、満州総司令部を混乱させた。そして、児玉中将と山県元帥の陸軍における主導権争いが続いた。

旅順港は遼東半島西端に位置し、天然の良港として知られ、かつては清国北洋艦隊の基地だった。夏目漱石は随筆『満韓ところどころ』のなかで、〈旅順の港は袋の口を括った様に狭くなって外洋に続いている〉と記している。湾の入口は幅三〇〇メートルほどで、外洋から攻めにくい地形となっていた。

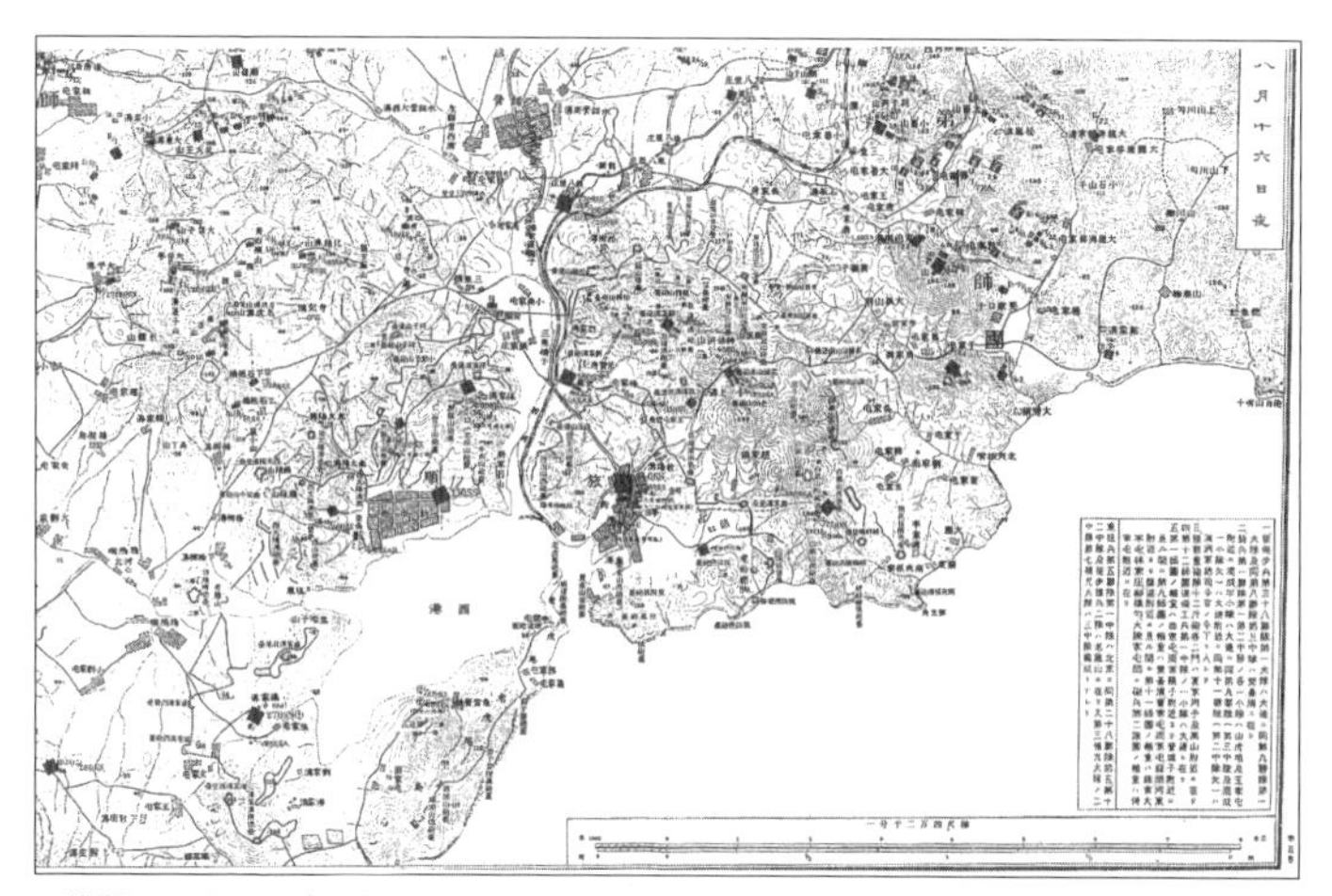

旅順の８月16日夜の状況図。参謀本部編纂『明治卅七八年日露戦史第五巻』より

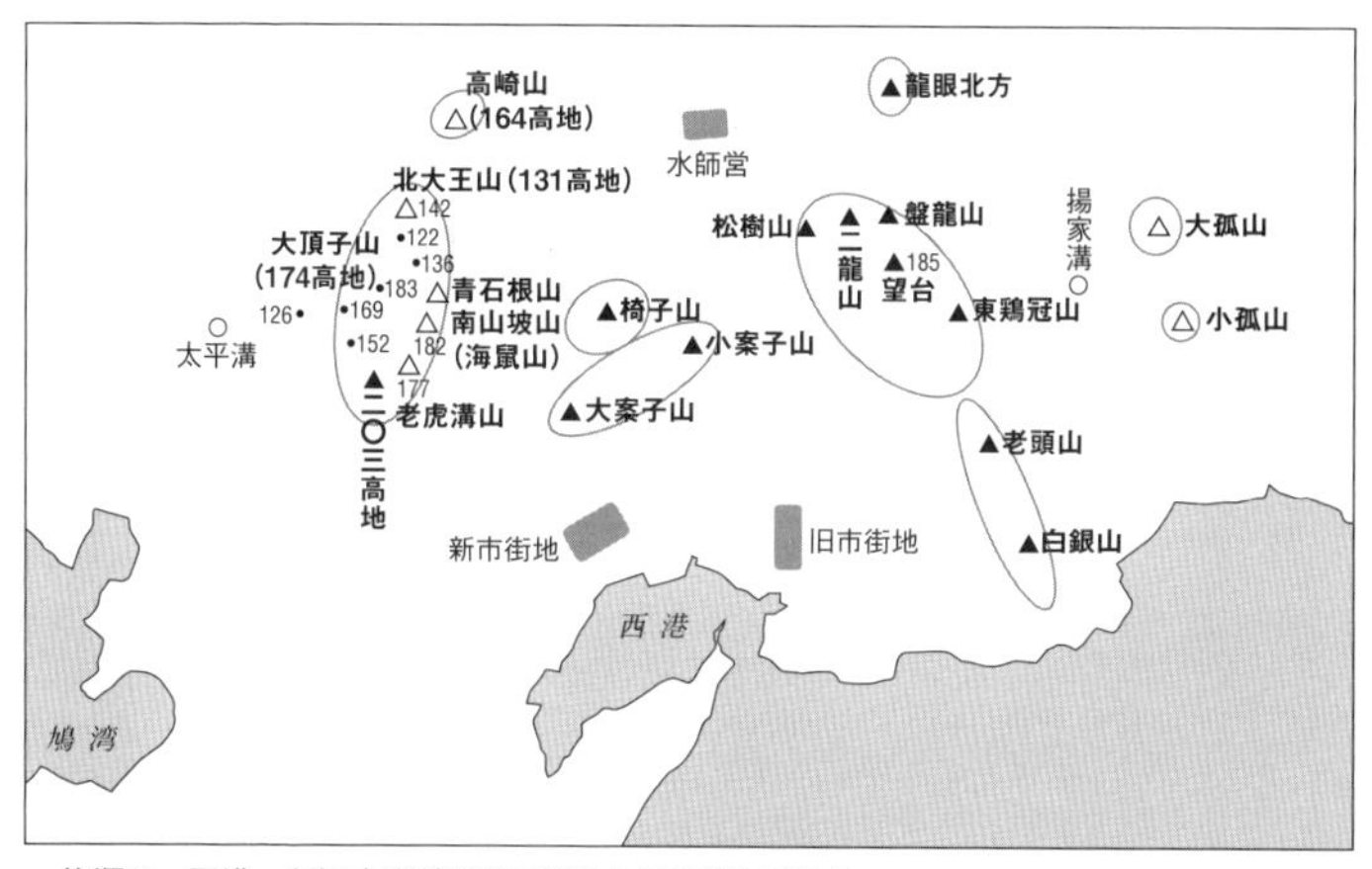

旅順は、西港、新旧市街地を取り囲むように高地が並ぶ

日本の海軍は旅順港に立てこもったロシア艦隊に対し、港の入口に船を沈めて封じる作戦を三度実施したが、作戦はいずれも失敗に終わっている。

旅順西港を要として弧を描いたその線上にある標高一〇〇〜二〇〇メートルほどの丘陵が旅順要塞の主体となる。港や新旧の市街地を防波堤のごとく取り囲んでいるのがその要塞だった。盤龍山(ばんりゅうざん)を要塞の北東の角だとして、そこから西に二龍山(にりゅうざん)〜松樹山(しょうじゅさん)〜小案子山(しょうあんしざん)〜椅子山〜大案子山とあり、盤龍山から南東に東鶏冠山(ひがしけいかんざん)〜老頭山(ろうとうざん)〜白銀山がある。これらの山は緊要地形であり、それらが連なる線は主陣地の線となる。その外周にある前進陣地の主なものとして、龍眼北方〜松樹山〜椅子山〜大案子山の前面に水師営(すいしえい)〜高崎山〜大頂子山(だいちょうしざん)〜二〇三高地などがあった。この旅順要塞の北西に、主陣地から突出するようにあったのが二〇三高地である。

清国は十数年かけて旅順港を要塞化し、北洋艦隊の基地として整備も行なった。東洋一の要塞といわれ、難攻不落と評されたその旅順を、日清戦争において日本軍はたった一日で攻め落としてしまう。そのとき乃木大将は歩兵第一旅団長として旅順を攻撃していた。その経験が、再び旅順を攻撃することになる乃木大将の采配に大きな影響を及ぼしていたことは、その攻撃計画からわかる。

三国干渉により日本が清国に返還した遼東半島はロシアが清国から租借し、旅順はロシア軍の手によってコンクリートの要塞へと強化されていた。各所に堅固な砲台、幾重にも設けられた防御陣地、前進を拒む有刺鉄線や濠などの障害、その障害と連携した機関銃、地下に貯蔵された大量の弾薬と食料等々、日清戦争時に比してその難攻不落度は比べものにならないほど向上していた。

陸軍参謀総長大山元帥の「第三軍司令官に与うる訓令」（五月二十九日付）にこうある。

〈第三軍作戦の目的は可成速（なるべく）やかに旅順を攻略するに在り　如何なる場合に於いても第二軍の後方に陸上よりする敵の危害を及ぼさざる如くするを要す〉

当初、陸軍としては第二軍の背後の安全確保、つまり旅順口に所在するロシア軍の北上を阻止すればいいと考えていた。真面目な戦いは必要としなかったのだが、旅順口を閉塞できなかった海軍の要望で陸上からロシア艦隊の無力化が期待され、結局旅順要塞に所在するロシア軍の撃滅が必成目標となってしまったのである。

第三軍は、東京を出発する際、すでに攻撃計画を策定していた。主攻正面は「東北正面即ち二龍山、東鶏冠山両砲台間」である。ここは、例えていうと要塞の正門にあたり、最も堅固につくられた地域だった。

軍が強襲を採用した理由が、防衛研究所の史料『日露戦役に於ける旅順要塞一般攻撃戦闘経過』に書かれている。要約するとこういうことだった。要塞の強弱は関係なく、旅順を手っ取り早くかたづけられる東北正面を攻撃するとした、と。訓令の「なるべく速やかに」を重視したのだ。

しかしながらこの作戦計画は、旅順要塞の実態をつかんでおらず、その研究も十分に行なわれていないなかで作成されたものだった。しかも、参謀本部での計画は「西方正面」だったらしく、それが伊地知参謀長の「東北正面」という強い主張によって変わってしまったようだ。

五連隊の雪中行軍遭難事故は、目的地を知る者は誰もおらず、その途中までの経路すら満足に知る者はほとんどいなかった。さらに、その地域を表わした地図すら存在していなかったのである。その上、山で野営する装備はほとんど準備されておらず、その能力さえなかった。孫子に、「彼を知らず己を知らざれば毎戦必ず殆(あや)うし」とあるとおり、五連隊は失敗し遭難したのだ。

この旅順要塞攻略もまた、失敗の本質にすっかりはまっていたように思える。

陸軍参謀次長の長岡少将は、第三軍の上位である満州総司令部へ赴任する井口省吾少将に、旅順の正面攻撃は困難で、西面からの奇襲が効果あることを第三軍に伝え説得するよう命じた。だが、その説得に乃木司令官と伊地知参謀長は正面攻撃の優位性を主張して頑(かたく)なに拒否した。

乃木大将が第三軍司令官に任命された一因に旅順口攻撃の経験もあったようだが、それがためにかつてないほど悲惨な戦いを強いられることになる。

その攻撃計画はどうなっていたのか――。

〈一、攻撃正面は二龍山堡塁及び東鶏冠山砲台間とす（中略）

四、砲撃開始より突撃迄各団隊の動作左の如し

一、十八日払暁砲撃を開始し十九日迄継続し二十日払暁突撃す

二、第一師団は砲撃開始と共に椅子山方面の敵を攻撃す

三、（略）

四、第九第十一師団は……二十日払暁突撃す。但し第九師団の攻撃点は盤龍山東堡塁、第十一師団の攻撃点は東鶏冠山北堡塁とす（後略）〉

要するに、主攻撃を旅順口東北正面とし、助攻撃を旅順口北西部としたのである。そして主攻撃は、助攻撃である第一師団の椅子山方向の攻撃後とされていた。

ところで、日清戦争時の旅順に対する攻撃計画はどうだったのかというと、次のとおり。

〈先ず第一師団をして椅子山堡塁団を攻撃せしめ之を陥落したる後更に松樹山砲台に、混成旅団をして同時に二龍山砲台に向わしめ以て軍の全力を此の局地に聚集（しゅうしゅう）し以て敵の中央部を撃破

し之を旅順南方海に陥擠せんとする計画なり〉

日露戦争と日清戦争の旅順要塞の攻撃を比較すると、当初において椅子山を攻撃することは日清も日露も同じである。その後、日露では攻撃正面は二龍山堡塁及び東鶏冠山砲台間としており、日清では松樹山砲台と二龍山砲台を撃破するとしている。松樹山の東隣に二龍山があり、日清では旅順要塞の東北の突端に攻撃を集中していた。日露では二龍山と東雞冠山と旅順要塞の東側にしている。椅子山以後の攻撃において、その攻撃正面幅は日露戦争が二、三倍広くなっている。それでは戦力の分散となり、戦闘力は二分の一、三分の一と落ちることになる。

単純にいえば、第三軍の攻撃計画は日清戦争の攻撃計画が原案となっており、椅子山以後の攻撃要領は、日清戦争時よりも悪くなっている。

実は日清戦争の旅順要塞攻撃時、乃木少将率いる歩兵第一旅団は、旅順攻撃の第一線部隊ではなかった。隷下の歩兵第十五連隊主力は金州城の守備および第二軍主力の背面援護となっていた。歩兵第一旅団主力は、当初師団の予備となっていたのだ。乃木少将は第一師団長のそばにいて戦況の推移を見守り、出番を待っていたに違いない。

その総攻撃は六時三十五分、椅子山に対する砲撃から始まる。六時五十分、歩兵第二旅団歩兵第三連隊の椅子山攻撃が開始され、七時三十分頃には砲台を占領する。その後、混成第十二

二龍山と松樹山。第九師団の攻撃目標。開豁地は日本軍の攻撃を暴露した

東鶏冠山は樹木がなく、攻撃される日本軍はほとんど隠れることができない

旅団は二龍山、望台(ぼうだい)、盤龍山、東鶏冠山等の砲台を占領し、昼頃にはほぼ旅順の占領が終わっていた。

難攻不落といわれた旅順要塞のあっけない落城は、乃木旅団長の脳裏に深く刻みつけられただろう。

果たして、旅順要塞は東西いずれから攻めたらいいのか、基本に戻って考察してみる。

図上戦術は地域見積(緊要地形、接近経路等)から始まるといってもいいだろう。この地域見積は敵の陣地配備などは全く考えず、地形の利点欠点のみを考察する。

緊要地形は、一般に敵を見下ろせる山頂などで、防御する側にとっては広範囲に射撃や監視ができる場所となる。攻撃側にとっては攻撃の足掛かりとなる場所、あるいはその場所をとることによって勝敗が決するような場所となる。旅順の地形を見ると、次の緊要地形が浮かび上がる。

①大孤山(たいこざん)・小孤山
②東鶏冠山
③大八里庄北側高地(龍眼北方)
④望台(盤龍山～二龍山～松樹山)

⑤椅子山
⑥高崎山・北大王山
⑦大頂子山・南山坡山（なんざんはざん）
⑧二〇三高地

それぞれの緊要地形の特徴を簡単にいうと、次のとおりとなる。

①大孤山・小孤山は、半島の南側沿いに進攻する日本軍を阻止できる。日本軍にとっては、東鶏冠山攻撃の拠点となる。

②東鶏冠山は、大孤山・小孤山西側を瞰制（かんせい）できる。日本軍にとっては、望台（盤龍山～二龍山～松樹山）を側方から攻撃できる。

③大八里庄北側高地（龍眼北方）は半島の中央から進行する日本軍を阻止できる。日本軍にとっては、望台攻撃の拠点となる。

④望台（盤龍山～二龍山～松樹山）は、東及び北方向から進攻する日本軍を瞰制でき、標高一八五メートルの望台は旅順市街地、旅順港を瞰制できる。また、一帯は防御陣地として相互支援が容易である。さらに、一帯の正面幅は比較的広く縦深（じゅうしん）も深いので、攻撃においては戦闘力が分散される。防御の核となるため、日本軍が占領することにより、敵の防御組織は瓦解する。

⑤椅子山は、水師営を瞰制でき、松樹山や二〇三高地を観測できるが、二〇三高地から瞰制される。旅順口を半円状にとりまく丘陵から北側に突出しており、相互支援を受けられない。日本軍にとっては、望台を側方から攻撃できる。

⑥高崎山・北大王山は、半島の北側沿いに進攻する日本軍を阻止できる。日本軍にとっては、大頂子山・南山坡山攻撃の拠点となる。

⑦大頂子山・南山坡山は、高崎山・北大王山から進攻する日本軍を阻止できる。日本軍にとっては、二〇三高地・椅子山攻撃の拠点となる。

⑧二〇三高地は、椅子山など周囲の丘陵、旅順西港、旅順市街地を瞰制できる。旅順口を半円状にとりまく丘陵から北西に突出しているので、他方面からの支援は制約される。日本軍にとっては、椅子山攻撃の拠点となり、望台一帯や旅順西港のロシア艦隊に対する砲撃の観測点となる。

接近経路は半島の北側沿い（高崎山・北大王山〜大頂子山・南山坡山〜二〇三高地〜椅子山）、中央沿い（大八里庄北側高地）及び南側沿い（大孤山・小孤山〜東鶏冠山）の三経路ある。北側沿いは開豁（かいかつ）して暴露距離が長いものの、防御の核となる地域から離隔している。中央沿いは、防御の核となる地域に最短の経路となっているが、鉄道や幹線道路があり開豁している。

二〇三高地は旅順攻撃の天王山だった

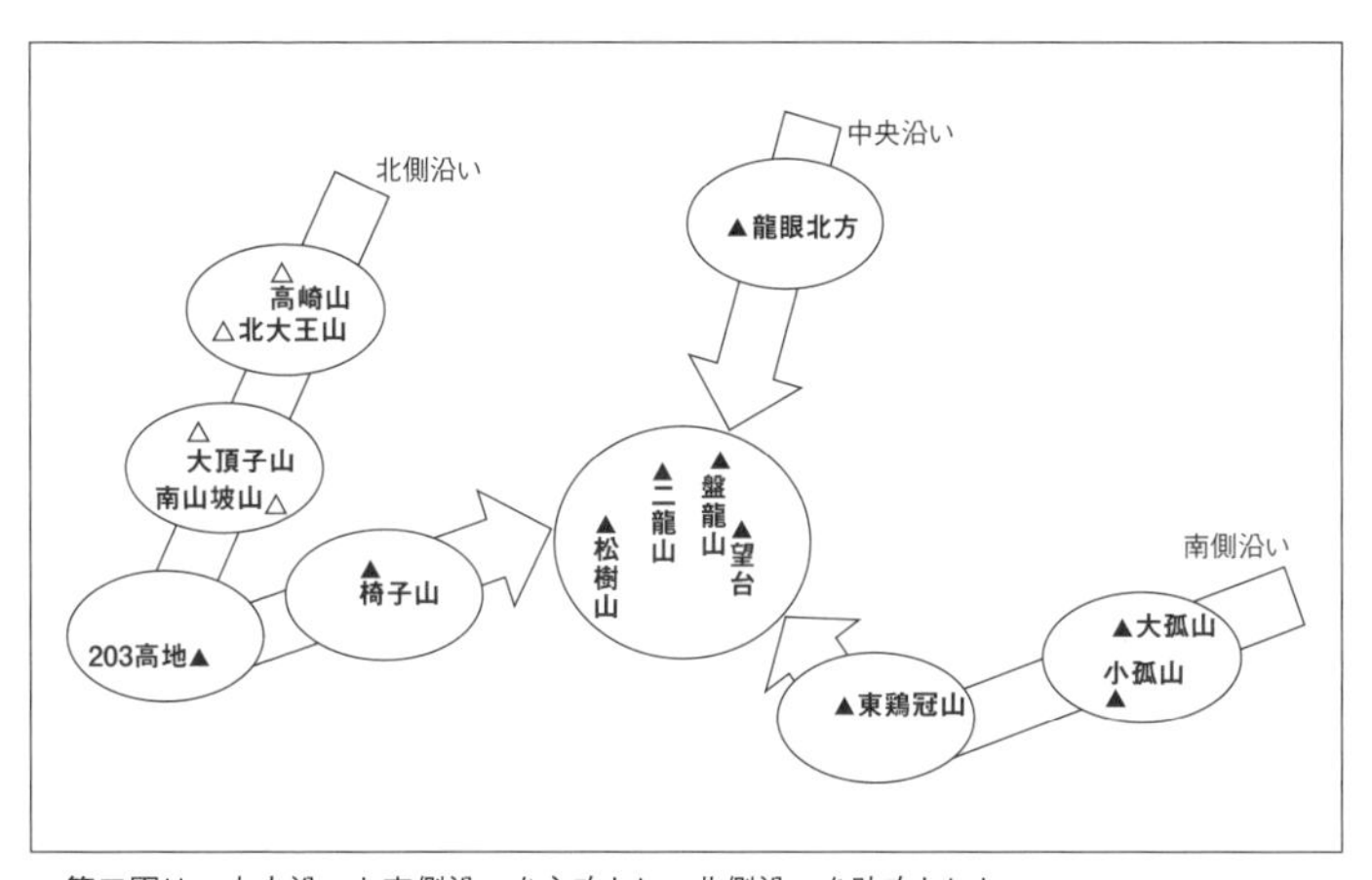

第三軍は、中央沿いと南側沿いを主攻とし、北側沿いを助攻とした

南側沿いの経路は他の経路に比し高地が密になっているので機動に制限を受ける。
緊要地形・接近経路から攻撃方向として最良となるのは、北側沿いとなる。理由は、①攻撃目標の正面幅が比較的狭く、逐次奪取できること。②防御の核となる地域から離隔していることである。

日本軍の勝ち目は、「兵力（砲火力除く）」と「日本軍に有利な方向から攻撃する」ことにある。敵の砲火力、部隊配備、陣地構築の手薄となる方向から攻撃することにより、「兵力（砲火力除く）」の優位が保たれる。ロシア軍の守りが手薄となるのは旅順要塞の西側であり、その方向からの攻撃は奇襲となり、ロシア軍を混乱させ、その士気を低下させることができる。

図上戦術以外から、当時のロシア軍や旅順要塞に関する情報はどんなものがあったのだろう。

陸軍参謀本部は、旅順口に関してロシア側が防備工事にセメント二十万樽を消費したとの情報を得ていたようだったが、その第二部（情報）の分析は、掩蓋（えんがい）陣地に多少の散兵壕（さんぺいごう）が増えただけで、永久築城はないとしていた。

だがそれは全くの誤りだった。ロシアは旅順を租借してから不凍港を失うことがないようにコンクリートで要塞化を徹底した。当然、日清戦争の戦況や教訓を陣地編成などに活かした。
弱点とされる椅子山の外周である二〇三高地、南山坡山、青石根山（せいせきこんざん）、水師営に強固な陣地がつくられ、そのまた外周となる大頂子山（一七四高地）、北大王山（一三一高地）、高崎山（一六四高地）にも陣地がつくられていたのだ。

日本陸軍の体質に、敵情を軽視して作戦を重視する傾向があった。

八甲田雪中行軍も同じようなもので、田代（新湯）は誰も行ったことがなく、どこにあるかさえも知らない。だが、命令なのでとにかく出発する。それが遭難事故となったのだった。敵情軽視は、日露戦争以降のノモンハン事件や太平洋戦争においても繰り返されている。

第三軍はロシア軍の兵力を約一万五〇〇〇人、火砲約二〇〇門と見積もっていたが、実際には、兵力四万二五〇〇人、火砲六四五門だった。

それに対する第三軍の兵力は五万七六五人、火砲三八〇門である。兵力で第三軍が一・二倍と優位だが、火力でロシア軍が一・七倍と勝り、陣地がコンクリートで強化されていることから、相対戦闘力はロシア軍が断然優位と判断される。

加えて砲迫火力に問題があった。破壊力のある二〇センチ以上の火砲が第三軍になかったのである。また弾種の多数は空中で破裂する榴散弾（りゅうさんだん）で、コンクリートで守られた陣地にはほとんど効果がなかった。さらに一門当たりの弾薬が約三〇〇発しかなかったのである。

戦闘力で完全に不利な第三軍は、大連から旅順方向に進攻し、そのまま突き進むと防御陣地の東北正面にぶつかる。最短の経路を進み、速やかに第一線陣地の攻撃ができるという利点はあったが、ロシア軍側からすると、手ぐすね引いて待ち構える場所に、まんまと飛び込んでくるのだから断然優位に戦える。

第三軍は現地での敵情に関して、鉄条網や散兵壕が散見するのを確認した以外はほとんど解明できていなかったようだが、第一線部隊は偵察により鉄条網、地雷等の位置をもれなく地図に記録していた。

惨憺たる第一次総攻撃

八月十一日、乃木司令官は、旅順の攻撃計画を示達する。作戦において第九、第十一師団の突撃二日前に、第一師団に東北正面の反対側を攻撃させたのは、主攻正面を秘匿する意図もあったようだ。

海軍陸戦重砲隊を除く砲兵の保有弾薬は、一門あたり平均約三〇〇発で、その弾薬の使用計画を一昼夜六十発、突撃支援射撃に六十発とした。つまり、四日で弾薬は尽きることになる。これは「旅順は一日で落とせる」という認識に基づいていることは明らかだった。

そうならなかったらどうなるのか、当然、弾切れで戦闘の継続はできなくなる。

第三軍は敵情を知らないものの、「この正面は、全正面中に於いて比較的最も堅固なるものならん」とし、さらにその攻撃による損耗を「死傷一万人」と見積もっていた。

八月十七日、連日の降雨により攻撃が延期され、翌十八日に〈明十九日より総攻撃を開始す〉と命令された。

八月十九日六時、日本軍の砲兵による攻撃準備射撃が開始された。

戦闘詳報によると、九時頃における敵の砲火力は「緩徐なる射撃」なので、「我砲兵も亦た射撃速度を緩にし弾薬の節約を務め」としている。第三軍は総攻撃当初から圧倒的な砲火力の発揮をしていなかった。

第一師団右翼の後備歩兵第一旅団は大頂子山（一七四高地）に対する攻撃を開始した。

ちなみに後備歩兵第一旅団と歩兵第一旅団は全く別の部隊である。その頭に付く「後備（部隊）」とは、常備（部隊）が動員された後に留守部隊となって国内の営所に屯営する。だが、ロシアの大軍に対して日本は常備部隊だけでは対抗できず、そのため後備部隊も戦地に動員されたのだった。後備部隊は後備役（予備役）を召集して編成されているため、兵士の年齢は現役の常備部隊よりは高くなり、戦闘力が少し落ちるものとみられていた。

九時三十分、旅団の右翼となる後備歩兵第一連隊は、敵の猛火の中を前進し、「一七四高地の西方約三百米の高地」に達した。そのとき、太平溝南方地区より敵砲兵の砲撃を受け、二中隊のほとんどが死傷した。後続部隊がその地を確保していたが、敵の逆襲を受け後退する。

旅団の左翼となる後備歩兵第十五連隊は、後備歩兵第一連隊の状況を見て前進した。

〈一七四地点の北方約五百米の小丘に達するや標高一七四地点付近より猛烈なる小銃火と海鼠山付近よりする劇烈なる砲撃を受け大隊長、中隊長等殆んど死傷し其他将校以下多数の損傷〉

辛うじて、その付近の死角に隠ぺいしていた。

隣の第九師団は、まず攻撃目標とされた盤龍山東堡塁の前にある龍眼北方の敵塁を奪取しなければならなかった。

工兵部隊が、突撃支援射撃下に陣前の鉄条網を破壊して突破口を開設する。歩兵第三十六連隊が突撃して敵堡塁に迫ったとき、ロシア軍は指揮官の合図で一斉に掩蔽部から飛び出した。今まで押し黙っていた敵兵が突然と現われて猛火をあびせ、まわりの砲台は砲火を集中し、さらに水師営南方の側防（機関銃）が掃射して日本兵を多いに苦しめた。斜面で突進力の落ちた日本兵は、ロシア兵にとって格好の的だった。被害は甚大で攻撃はたちまち頓挫した。

ロシア軍のコンクリート陣地は、日本の砲撃にほとんど影響を受けることなく残存していた。

そのため、ロシア軍の圧倒的な砲火力は攻撃部隊に容赦なく撃ち落とされた。

戦闘詳報の二十二日にこう記されている。

〈天明盤龍山東砲台の東方斜面には我突撃縦隊の死傷者二条の進路上に横臥し光景惨憺悲観いうべからず〉

東鶏冠山正面の第十一師団も状況は同じだった。歩兵第二十二連隊第三大隊第十二中隊の櫻井忠温中尉は、その著書『肉弾』にこう書いている。

〈中隊が揚家溝まで前進して着くや間もなく砲弾落下し、凄まじい響きと硝煙につつまれ、身辺にピシャリと何か落ちてくる。煙がはれると死骸が四つ、五つ横たわっている。

腰から下の半身は、肉一片、骨一片も留めず、上体は真黒に焦げて、眼球は飛び抜け、血は格別ゾロゾロとは出ず……目も宛てられぬ有様であった〉

運良くしのいだとしても、今度は前や横のトーチカから出現する機関銃の掃射によってなぎ倒される。それでも残った部隊は銃剣突撃を行なうのだが、掩蔽部から出てきたロシア兵の銃撃や手榴弾の餌食となり、ほぼ全滅させられていた。また、目標を奪取したとしてもすぐさま逆襲されて、ほぼ全滅となってしまうのだった。

各師団の第一線部隊は多数の死傷者で攻撃を続行することができなくなり、次々と予備部隊が投入されたが、結局死傷者を増やすばかりであった。

第三軍の砲兵部隊はというと、弾薬が不足して歩兵部隊の突撃に満足な火力支援を行うこともできなくなっていた。それに対してロシア軍の砲撃は衰えることなく、ますます強化されているようでもあった。

八月二十四日の第三軍戦闘詳報が、第三軍の現状を端的に伝える。

〈天明望台及び其西北高地の東斜面中に我国旗の翻々たるを見る然れどもその付近にある我兵は不幸にして殆んど悉く死傷し又抵抗力なきが如し〉

九時、第九師団長から増援の要望があり、第十一師団長からは火力支援の要望があった。

両師団の苦戦は四昼夜続き、その損耗によって攻撃したくてもその兵がいない状態になっていた。だが、第三軍司令部の参謀らは第一線に進出していないため各部隊の困苦を知らず、ひたすら攻撃を叱咤するだけだった。

〈爾後の作戦上屢両師団の前進を促し且つ戦況の報告を求めたり〉

この頃における軍の状況は、ほとんど目的を達成しておらず、攻撃は頓挫していた。

右翼第一師団方面は、大頂子山、太平溝東南高地、青石根山（鉢巻山）を占領していた。

中央第九師団方面は、東西盤龍山の砲台を占領したものの、多大の死傷者でその守備すら困難な状況であった。

左翼第十一師団方面は、東鶏冠山砲台及び北砲台を占領することができたが、敵火の集中に遭ってこれを放棄していた。

砲兵火力を統括する攻城砲兵司令の豊島陽蔵少将は、〈今や従来の如く砲撃を継続せば準備弾薬翌二十五日を支え得るに過ぎざるを察し〉、軍司令官に意見具申したと『明治卅七八年日露戦史第五巻』にある。だが、戦闘が四日以上続いたら弾薬がなくなることぐらい、戦う前から皆承知していたはずである。

十五時三十分、第十一師団長代理は第三軍司令部に報告する。

〈歩兵第二十二、第四十四連隊は全部覆没せしが如く其状況明瞭ならず仍って師団は之より攻撃を継続すること能わず〉

これがとどめとなり、乃木司令官は、十六時、総攻撃の中止を決定した。

二十時、第三軍は参謀総長山県元帥と満州軍総司令官大山元帥に報告した。

〈……敵を屈する能わず。軍は昨夜より今朝に亙る戦闘に於いて更に多大の損害を蒙り且つ重砲弾の関係上強襲的企図を断念して正攻法を採るの止むを得ざる状況に至れり……〉

無謀な作戦（攻撃）はやはり失敗に終わった。いみじくもあの最後の生き証人小原元伍長が語っていたのを思い出す。

「青森の地形なんか分からんですからねぇ、それがもう無謀に行ったんですから、だからああいう風になってしまったんですね」

八月十八日から二十四日までの第三軍における死傷者は、一万五八六〇人（戦死五〇三七人）を数えた。この時点で、事前の損耗見積「死傷一万人」をはるかに超えている。

死傷者を東北正面と北西正面とに分けてみると、「東北正面からの強襲」作戦の愚かさが際立つ。

各部隊の死傷者は、東北正面を攻撃した第九師団が五四三八人（戦死一六七九人）、第十一師団が四〇八三人（戦死一六九九人）、後備歩兵第四旅団が二三一四人（戦死六九九人）である。北西正面を攻撃した第一師団が、二二六八人（戦死六二三人）、後備歩兵第一旅団が一四六五人（戦死二八三人）である。

第九師団の死傷者は、第一師団の約二・四倍となるのだった。

第三軍司令部は、不十分な砲迫火力によって頓挫する攻撃を無策のまま続けさせて、犠牲者を増やしたというほかない。

万骨枯る

第二次総攻撃は、九月十九〜二十二日の前進堡塁の攻撃、十月二十六〜三十日の本攻撃と、第一次総攻撃同様の人海戦術が繰り広げられ、多くの死傷者を出して失敗に終わる。

ただ、第三軍に二八センチ榴弾砲が増強され、十月の攻撃において砲台の崩壊や火薬庫の爆発など、ある程度の損害をロシア軍に与えていた。

第三次総攻撃は、十一月二十六日、東北正面の攻撃が繰り返され、多くの犠牲を出して攻撃は頓挫した。

翌二十七日五時三十分の参謀総長及び総司令官に対する報告に、乃木司令官の悲哀が漂う。

〈数回繰り返したる突撃は孰（いず）れも多大の損害を蒙り悉く失敗に終わり……また軍の特別予備を以ってせし突入隊は松樹山補備砲台に於いて頑強なる敵の抵抗に遭い劇闘数時の後殆んどその全兵力を失い遂にその目的を達する能わざりし〉

そして七時頃に、今さらながらの状況判断が戦闘詳報に書かれている。

〈敵塁の構成堅固、戍（じゅ）兵の抵抗頑強なる……我突撃隊は毎回多大の損害を蒙れり、故に幾回之を繰返すも到底成効の見込み甚だ少なし〉

そして命令が下される。
〈軍は一時攻撃正面に於ける攻撃を中止し更に二〇三高地を攻撃して之を奪取せんとす〉
東北正面に二個師団ぶつけても死傷者を増やすだけで埒(らち)が明かない。それに比して、北西正面は第二次のときに二〇三高地占領まであと一歩のところまでいっていた。一転して攻撃目標を二〇三高地としたのは、そのようなことからなのだろう。

結局、第三軍はこれまでの攻撃計画が戦術的に誤っていたことを認めたことになる。当初の地域見積、敵情確認が不十分だったのである。柳の下に鰌(どじょう)はいなかったのだ。

十一月二十八日、第一師団は二〇三高地西南部を奪取したが、敵の逆襲を受け同地を奪回された。第一師団の損耗は激しく、自隊での攻撃が継続不能となっていた。そこで二〇三高地の攻撃に第七師団が投入された。一進一退の死闘が繰り広げられたが、十二月五日、ようやく二〇三高地一帯を占領することができた。その後、旅順港内のロシア艦隊は日本軍の砲撃などにより全滅する。また、周囲の陣地に対する攻撃も継続され、東鶏冠山、二龍山、松樹山と奪取し、ついにロシア軍は降伏した。

二〇三高地奪取には、第八師団から派遣された工兵第八大隊第一中隊が寄与している。東奥日報の齋藤記者は工兵中隊長の田村友三郎大尉からその当時の話を聞き、深く感動したことから旅順の戦場へ視察に行っている。

〈如何にも大尉の話の如く、敵の堡塁塹壕副防御としての、鉄条網、鹿砦(ろくさい)、狼穽(ろうせい)、接木、対坑道等の構造の堅固なことは想像の外である〉

二〇三高地突撃時の様子が田村友三郎従軍手記『血の爆弾』にある。

〈手がちぎれたり、足をもがれたり……或は肉の一塊だに残らぬように全く粉砕されたもの、呻(うめ)くもの、唯萬歳と一声叫んで空をつかんで斃れるもの、血に染(し)んで斜面を転げ落ちるように駆けるものなど、物の十分とたたぬ間に、あちらにもこちらにも全くこの世ながらの生地獄がこの二〇三高地の嶺頂に展開された〉

田村大尉は、〈工兵は一人も下がってはならぬ。爆弾がなけりゃ代わりに石を投げろ〉と大声で怒鳴った。

突撃に関して歩兵の集成の中隊長と調整していたらしいが、いざそのときになって歩兵が前進せず、工兵のみで突撃していた。

〈後方に膠着して進みかねていた歩兵は、僕が軍刀を振りかざして「前へー、前へー」といっても中々前進しない〉

田村大尉の怒鳴り声と、卑怯者は斬るとした殺気が伝わったのか、歩兵も前進し防界線の敵と対峙した。田村大尉は急いで土のうを運搬するなどして敵陣地の改造工事を行なわせ、敵の逆襲に備えていた。

〈午後四時頃わが巨弾は一敵艦に命中し、忽ち大火災を起し、真黒な雲のような煙を挙げて燃え始めた。それをわれ等が遥にこの二〇三高地から見下ろした時は、実に目前十数歩に居る敵をも忘れて、余りの嬉しさに期せずして総立ちとなり、皇国の万歳を唱え、もう死んでも恨みはないように思った〉

二〇三高地が落ちたあとの十二月六日、乃木大将は二〇三高地頂上に向かった。それを知った第三軍参謀の津野田是重大尉はそのあとを追い、八合目付近で乃木大将に追いつく。そのあとのことが、津野田大尉の『斜陽と鉄血』に書かれており、要約すると次のようになる。

その辺りは敵の第三散兵壕で、燃えた掩蓋材の火がまだ残り、彼我の負傷者は到る処で苦しみうめき、残っていたロシア兵は我の掃除隊と交えており、まだまだ危険な状況だった。ようやく山頂に着くと、彼我の兵士は格闘のまま砲弾の犠牲になっており、互いが投擲(とうてき)した爆弾の黄紛は頭部、顔面及び四肢等を粉砕し、その惨状、臭気は言葉でいい表わすことができない。北側の山腹には、我が軍の死屍五、六千を数え、また南麓の谷底には三千有余の敵の死屍があり、俗に言う無間地獄もこのようなものだろうと思われる、と。

戦闘の激しかった二〇三高地の景観

二〇三高地からは、西港に停泊するロシアの戦艦も観測できた

旅順攻略戦の戦闘参加延人員は約一三万人で、戦死一万五三九〇人、戦傷四万三九一四人を数える。第三次総攻撃参加人員は約六・四万人で、戦死五〇五二人、戦傷一万一八八四人となった。それに対して、ロシア軍の総兵力は約四万七〇〇〇人で戦死八〇〇〇〜一万人、第三次総攻撃での戦死は四五七六人と記録されている。

第三軍は勝つには勝ったが、あまりにも多くの犠牲を出した。

二回に及ぶ総攻撃失敗の責任は誰がとったのか、死傷者約六万の責任は誰がとったのか。誰もとっていないのだ。伊地知少将が参謀長を更迭されているが、その翌年中将に昇任し、その後に男爵、師団長となっている。ほとぼりが冷めやらぬうちに何事もなかったように前のコースに戻っているではないか。それに、失敗に終わった二度にわたる総攻撃の作戦命令や戦闘指揮に関する最終的な責任は第三軍司令官にある。だが責任を問われることはなかった。やはり責任の連鎖が身内に甘い組織とさせていた。

雪中行軍で帰隊しない演習部隊を二日放置し、二百名近い死者を出した五連隊長の処分は軽謹慎七日だった。その五連隊長は大佐となり、日露戦争後は少将となって旅団長に栄転している。

無責任体質はずっと変わっていない。その結果が、生身の部隊を運用する上級指揮官のまるで将棋の駒でも扱うような運用につながっているものと思われてならない。

第四章

友安旅団長の二〇三高地

第三軍に怒る友安少将

旅順口を攻略する第三軍隷下の第一師団に後備歩兵第一旅団が配属されていた。その旅団長である友安少将は、周防国（現在の山口県防府市）出身で、これまで西南戦争、日清戦争と第一線で戦ってきた闘将だった。昨年（明治三十六年）の十二月まで歩兵第五連隊の上級部隊となる歩兵第四旅団長であった。その在任中に大事故が発生しているのである。

五連隊遭難の第一報が、一月二十八日八時四十九分発、青森憲兵分隊長からの電報で陸軍大臣児玉源太郎中将に伝わる。同日十六時、陸軍大臣は友安少将に訓令電報を送る。

「捜索隊と共に其地在勤の衛生部員成るべく多数に救急材料其他必要の物品を携行せしめ遭難地に派遣し及へり（ママ）丈け救護の方を講ずべし」

これに対し、同日二十一時三分、友安旅団長は大臣に次の報告をしている。

「命の通り目下準備し十八ヶ所の哨所を置き捜索するも昨夜七時の後得るなし県よりも沢山の人を出し助力せり又心配なるは歩兵第三十一連隊の一部被害地を通り此地に着く筈なるも未だ着かず多分隊長の訓示もあれば他に進路を取りしならん」

陸軍大臣はできるだけ多数の衛生部員を遭難地に派遣しろと命じていたが、五連隊の津川連隊長は、生存者はいないとして二十八、二十九日と捜索は実施せず、捜索隊が退避する雪壕に屋根をかぶせた哨所等の構築をさせていた。

それにしても、いくら緊急とはいえ、陸軍大臣から旅団長へ直接の訓令、旅団長から陸軍大臣への報告はおかしい。通常は、大臣、師団長、旅団長、連隊長の順で命令が達せられる。報告はその逆順となる。そのとき、立見師団長は会議で上京していて青森にいなかったが、陸軍大臣と同じ陸軍省にいた。そうであるならば、師団長から旅団長へ電報する正規のやり方ができたことになる。やはりそこには長州同士の気軽さがあったものと推察される。

友安旅団長は、後藤伍長が発見された翌日（二十八日）に五連隊を訪問し、事故状況を掌握していた。先にあった電報の送受も青森で行なわれている。宿泊は青森駅前のかぎや旅館だった。電報にあったとおり、田代越えの三十一連隊が青森に到着するのが遅れているので、五連隊と同じように遭難しているのではないか、と友安旅団長は心配していた。

ところが、翌朝（二十九日）七時頃、その教育隊が旅館の前にいた。田茂木野から宿泊場所に真っ直ぐ来たようだ。将校と見習士官はかぎや旅館、下士卒は中島旅館と分宿する。

ここで友安旅団長は福島大尉に、予定の雪中行軍を止めて帰隊するよう命じている。それからすぐに五連隊へ向かい、陸軍大臣に電報を発信した。

「歩兵第三十一連隊無事今着いた」

友安旅団長は二個連隊が遭難事故とならずに済んで、ホッとしていたに違いない。そして、翌三十日の午前中に弘前へ帰り、遭難者の捜索に三十一連隊も投入しようと調整していたようだ。それは、翌々日に三十一連隊が動いていることからわかる。

「一日青森特派員発　弘前第三十一連隊混成一大隊は今日当地に着し直に遭難地に赴けり」

（二月三日、東京朝日新聞）

二月二日の夜には、東京の師団長会議から帰団した立見師団長が五連隊にいて、状況を掌握していた。その翌日に友安旅団長は師団長に進退伺いを出したのだろう。

「三日青森特派員発　友安歩兵第四旅団長進退伺を出せり」（二月五日、東京朝日新聞）

その五月に最後の行方不明者が遺体で発見され、間もなくこの事故の関係者に対する処分が下された。連隊長以外の処分はなく、友安旅団長は不問とされて進退伺は返還された。

明治三十六（一九〇三）年十二月、将校現役定限年齢改正により、服務年限が短縮されて友安旅団長は予備役となったが、日露開戦により、友安少将は後備歩兵第一旅団長となり、旅順攻略に参戦したのだった。

旅順の攻撃において、友安旅団は第一師団（長、松村務本（かねもと）中将）の隷下となった。

第一次総攻撃前、八月十三日、友安旅団は総攻撃時の態勢を有利にするため、主陣地から北西に遠く離れた北大王山（一三一高地）の占領を命じられていた。

日没から進撃は開始された、敵前五〇〇メートルに至ると、敵は小銃や機関銃で激しく抵抗してきた。さらに接近してその緩斜面を躍進すると、敵の抵抗は激しく前進が阻まれた。大隊長の突撃号令がかかり、勇壮に突っ込むものの、目的地に達したのは「唯一小部隊」に過ぎなかった。敵前一〇〇メートルに達したが、堅固な鉄条網にぶつかり、前進が滞っているところに敵は銃砲火を集中してきた。鉄条網を切断して数回の突撃を試みたが、失敗に終わる。

翌十四日、一一四門による砲火力で敵をたたき、一部の部隊を以って敵の側背を攻撃させて、数回突撃したものの、また失敗に終わった。

翌十五日も砲撃が続けられると、敵の守りも乱れ、その機に乗じて山上に突入し、午前十一時十分、ついに北大王山を奪取した。

第一次総攻撃は、八月十九〜二十四日にかけて行なわれた。

十九日、友安旅団の攻撃目標は大頂子山（一七四高地）とされた。大頂子山は、西の一六九高地と東の一八三高地から成り、その周りの南には一五二高地、南東には南山坡山、老虎溝山（ろうここうざん）、二〇三高地があった。

友安旅団長は右第一線となる後備歩兵第一連隊の攻撃目標を、一二六高地を経て一六九高地とし、左第一線となる後備歩兵第十五連隊の攻撃目標を、一二二高地を経て一三六高地とした。それらの目標を奪取後、旅団は一八三高地を攻撃することになる。

後備一連隊は一六九高地の第一線目となる散兵壕を奪取したものの一八三高地、二〇三高地などからの砲撃、機関銃や小銃の銃撃により多大な損害を受け攻撃は頓挫した。

後備十五連隊も状況は似たようなもので、一三六高地への前進間に一八三高地から射撃を受けて多くの死傷者を出している。

大頂子山は三層の防備線から成り、その前面には鉄条網が横たわっている。また、その斜面も急峻で友安旅団を大いに苦しめた。

松村師団長は、大頂子山攻略のため歩兵第二連隊第一大隊を増援し、友安旅団長は増援の大隊長に後備十五連隊の指揮をゆだねた。

八月二十日、〈猛火を冒して奮進突撃し、十時に至りて敵塁最下の線に達し、少時激烈なる格闘を交えたるも、敵遂に支えず、我は辛うじて第三層の防御線を奪取せり〉

山上に攻め上がるのに一時間かかり、頂界線付近では彼我の死屍を掩体として射撃をするなど壮絶な戦闘をしていた。

北大王山攻撃から大頂子山占領までの代償は大きかった。友安旅団の死傷者は八月十三日から二十四日までに二〇一一名（戦死三八三名）を数えた。友安旅団の編成人員は約五八〇〇名なので、約三四パーセントを損耗したことになる。これでは連隊、大隊、中隊等各級部隊の作戦行動がまともにできない。特に適時適切な状況判断をする指揮官（将校）が欠けた部隊における士気の低下は著しかったに違いない。

その補充に関する処置が、寺内陸軍大臣から山県参謀総長に宛てた文書に残っている。〈臨時歩兵第一旅団の補充員二千名に対し後備歩兵第三連隊の一千四十名を以って之に充つ〉補充要望に対して約半分の補充となっているので、その台所事情はかなり厳しかったようだ。

第二次総攻撃が挙行された。

九月十九〜二十二日の前進堡塁の攻撃において、友安旅団の攻撃目標は二〇三高地とされた。軍司令部の参謀長会議で第一師団参謀長の提案が承認されたもので、第三軍が全力で二〇三高地を攻撃するのは、後の第三次総攻撃である。

九月十九日十八時頃、友安旅団に新たに配属となった歩兵第十五連隊（第一旅団）は旅団の左翼となり、砲兵火力の支援下、二〇三高地の西南角に向かって前進を始めた。

すぐに敵兵の小銃及び機関銃の猛射を浴びる。死傷者が続出して前進を続けられず、部隊は陣前三〇〇メートルの西方谷地に集合して、時期の熟するのを待っていた。

翌二十日五時、友安旅団長は、第一線部隊の歩兵第十五連隊一大隊（一個中隊欠）と後備歩兵第十六連隊（二大隊編制一個中隊欠）に突撃を命じた。

〈敵火猛烈にして死傷者続出するも意に介せず、崎嶇たる支脈を攀じ登って……第一線散兵壕に突入し、惨憺たる格闘の後終に其一部を強奪した〉

このとき、第一線の一大隊（一個中隊欠）は一二〇名ほどの一個中隊に満たない数になっていた。

〈等々力大尉は更に之を提げて友軍（後歩十六の残兵約百八十名）と倶に同山第二線散兵壕の西南角に突撃し、又もや格闘の末守兵を撃攘して其の一部を奪取した〉

後続部隊はなく、連絡は全く途絶え、手榴弾も欠乏していたので、敵の死角に集合して各方面からの猛火を避け、第三線（頂上）の散兵壕から投擲された敵の手榴弾を拾って投げ返すなどして、とにかく現在地を占領していた。

十九時頃、第三大隊と増援一個中隊が第一大隊の占領する第一線に進み突撃を試みたが、多大な損害を受けて後退した。またその間に、第二線散兵壕の一部を占領していた一大隊は、敵の逆襲を受けてその陣地を奪還されてしまった。

〈二十一日師団長は余力の有らん限りを悉して此方面に増加し……代る代る十数回の突撃を行わしめたるも、依然と功を奏せず〉

二十二日も突撃は繰り返され、その度に兵が減っていった。

〈残員を率いて最後の突撃を行わしめたが、是も亦空しく敵火の犠牲となりて引き返した。同日午後七時三十分命令に依り爾霊山の攻撃を中止し、隊伍を整頓して後方に退却した〉

こうして第一師団の二〇三高地攻撃は失敗に終わった。

日本軍はやみくもに突撃を繰り返した。指揮官は一度失敗するとまた同じやり方で失敗を繰り返す。戦力がどんどん落ちていくのに、別なやり方を考えることなく繰り返させた。戦力の損耗が大きくなると、不十分な戦力のつぎ足しが繰り返されていた。

ただ第一師団の戦闘において、第二線陣地の一部まで取れていた。そのときのロシア軍の兵力は、五個中隊で六〇〇人あまりだった。このときに第三軍が目標を二〇三高地だけにして、二個師団をぶつけていたら二〇三高地はおそらく占領できていたに違いない。

それにしても、友安旅団長はあまりにも多くの将兵を失った。今回の死傷者は一八〇二名で戦死者は二〇〇名だった。前回の戦死を合わせると五八三名にもなる。

日本の将校は、突撃時部隊の先頭となって進むので、一番先に死傷する。旅順の第一線部隊では、大隊を中尉が指揮し、中隊を特務曹長が指揮しているのは何も珍しいことではなかった。

第三次総攻撃は十一月二十七日、第三軍はようやく攻撃目標を二〇三高地とした。友安旅団長は二〇三高地西南部の奪取を命じられた。ちなみに、第三軍は二〇三高地の攻撃隊長を友安旅団長としていた。

二十八日十時三十分、後備歩兵第十五連隊（連隊長香月三郎中佐）は、後備歩兵第十六連隊の増援を受けて突撃をする。

〈山頂歩兵線を奪取せんとし、激烈なる突撃を実施したり……遂に頂上に達して敵塁を奪取したり〉（『歩兵第十五連隊日露戦役史』）

だが、二〇三高地（爾霊山）南方膝家大山からの小銃火及び敵の投擲する爆薬のために、突撃部隊の多くが死傷し、敵の各砲台からの猛射とそれに連携した逆襲を受け、敵の第一掩蓋（えんがい）歩兵線に退却した。

二十九日二時、松村師団長は、二〇三高地、老虎溝山（赤坂山）ともに攻撃は撃退され、現下の兵力では到底攻撃を再興することはできない旨を第三軍に報告した。

〈師団は……最早突撃を再行するの余力なく成し得る限り現攻団線を守備せんとす〉

第三軍は、第七師団を投入し、第七師団長大迫尚敏（なおはる）中将に第一師団の残った部隊も指揮させた。

その頃、軍司令部の空気をいっそう重くする出来事が起こった。

〈友安少将が進出するに際し、同旅団副官歩兵少尉乃木保典（やすすけ）氏は、命を受けて之を第一線の隊長に伝達すべく坑路内を潜行中、前額に敵の小銃弾を受けて即死したのである〉（津野田是重著『斜陽と鉄血』）

津野田大尉は、その報告を乃木司令官にするよう頼まれる。

〈……「誠に悲しむべき出来事をご報告しなければなりませぬ」と前提を陳べたるに、将軍は直ちに詞（ことば）を返して「其の事なれば既に承知して居る。能（よ）く戦死して呉れた。これで世間に申訳が立つ、克（よ）く死んで呉れた」と云い終えて復（ま）た仰臥せられた〉

乃木大将の不運は六カ月前に始まっていた。「南山の戦い」で長男勝典（かつすけ）少尉が戦死していたのだ。

十二月一日六時三十分頃、友安旅団長は第七師団長に次の旨報告する。

〈我兵目下逐次退却中に在りて、多少の戦闘力を有するものは歩兵第二十七連隊の一部に過ぎ

ず。其他の諸隊は損害甚大にして現状の維持尚甚だ困難なり〉

　七師団長は増援の要求と判断して、友安旅団長に三個中隊を配属した。ところが八時頃、友安旅団長から次のような具申があった。

〈同山を攻撃すること既に二回に及びしも毎次多大の損害を生じ未だ其任を果す能わず。而して今後攻撃を継続するは敢て辞する所に非(あら)ずと雖(いえど)も兵力足らずして奏功期し難く、且つ其指揮に堪えざる〉

　友安旅団長は、辞任を申し出てきたのだった。

　歴戦の友安旅団長に何が起こったのか――。

　友安旅団は突撃の連続で、将校の大多数は死傷し、残る兵は少数となり、しかも疲弊甚だしい。友安旅団は攻撃を続ける余力をなくしていたのだった。失敗の主因は、一つが敵に劣る手榴弾でその効果はほとんどないとし、二つに第一線部隊のほとんどが将校を全部失ったからだとした。近接戦闘において敵の手榴弾にやられてしまうのだ。その根本的な原因は、敵の圧倒的な火力等に対して、肉弾で突破させようとする軍司令部の作戦にあった。隷下の各級部隊指揮官は軍司令部に不満が募っていたのである。その一番が二〇三高地正面で多くの将兵を失っていた友安旅団長なのだ。

第三軍の無能無策から、多くの若き将兵が命を落としていったことに対して怒っていたのだ。怒りはもう一つある。二十九日の攻撃が撃退され、第一師団の松村務本中将が疲弊損耗した現勢力では攻撃できないとすると、第三軍は第一師団を第七師団長の指揮下としたのだ。旅順において、友安少将は松村師団長のもとでずっと戦っていた。その師団長をないがしろにした第三軍の命令には我慢できず、第七師団長には悪いが、辞めるとしたのだろう。

結局、第七師団長は二〇三高地の攻撃指揮官を第十四旅団長の斎藤太郎少将に替え、友安少将に後方の守備を担任させて処理した。

第五章

第五連隊の出陣と八甲田山追憶

戦場での正月

第三軍が旅順攻略に苦闘している間に、日本の満州軍は遼陽会戦で勝利した。だがロシア軍を追撃する余裕はなかった。兵力の損害は二万人を超え、弾薬は欠乏していた。総司令官大山元帥は、戦闘力が回復した後に北進するとしていた。

二月の開戦から四カ月経った六月七日、弘前第八師団（立見尚文中将）に動員が下令された。常備十二個師団で日本国内に残っていたのは第七師団（札幌）と八師団のみであった。陸軍の予備として温存されていたが、その余裕もなくなっていた。

青森屯営にいて日本軍の快進撃を聞くたびに、心がはやる将兵は出陣を待ち焦がれていた。動員下令後、五連隊長津川大佐は直ちに連隊将校らに戦時職務を命じ、業務を課した。屯営のあちこちでは歓声が沸き起っていた。動員事務が完了し、六月十四日には編成完結したが、九月二日まで屯営で次の命令を待つことになる。

〈九月三日及び四日に亙って、連隊は屯営を発して、大阪に集合し、爾来師団は戦略予備隊として、何時にても出動し得べき準備を整えて、出征の命の下るのを待って居た〉（『歩兵第五聯隊史』）

満州軍総司令部は、八師団を旅順に増派しようと考えていた。しかしながら参謀本部〈参謀総長山県元帥〉は八師団を遼陽に増派する。

そのため、のちに第七師団は旅順に増派されることになる。

大阪に集結していた五連隊（一大隊）二中隊の小隊長、横山武正少尉は日誌に書いている。

〈十月一日　待ちに待ちける大阪出発の当日なり……同九時築港に着し同九時三十分頃より乗船初む〉

横山少尉は青森市出身の二十三歳、明治三十六（一九〇三）年の九月に五連隊付となっていたので任官してから日が浅い。中隊の先任小隊長は、雪中に立つ後藤伍長を救助した三神中尉で、隣の三中隊長は遭難事故の生存者倉石大尉である。

五連隊は大阪で民家などに分散して宿営していた。その家族等に見送られて輸送船は大阪築港を出港した。翌二日正午、門司港に到着、石炭積載のために約四時間の停泊となる。三日、船は前夜からの暴風雨を避けて備後名護屋（現在の佐賀県唐津市）に仮泊していた。横山少尉は辺りでにぎやかな呼子に上陸し、旅館で風呂に入り昼食をとっていた。そして日記に、〈名護屋は豊臣秀吉朝鮮征伐の際此所に陣せしを以って有名なる所なれども戸数僅少なる寒村なり〉と書いた。秀吉はその地に城と城下町を築かせた。城の周囲には諸大名の陣屋が建てられる。城下は二十万を超える人々で賑やかだった。だが秀吉の死後、城はなくなり石垣も壊されてしまった。今はその栄華の面影さえなく、夢のまた夢となっていた。横山少尉は自らがその名護屋から戦地に向かうことに、繰り返される歴史への想いをはせていたのかもしれない。四日午前六時に出港したが、風と波が強く、横山少尉は船酔い予防のため到着するまでずっと寝床で寝ていた。

十月七日午前十一時三十分、柳樹屯（りゅうじゅとん）の沖に到着していた。

〈余は中隊長と共に停泊場司令部より来たりし小蒸気船にて最先頭に上陸し……〉

柳樹屯は大連の北にある。そこの兵站司令部出張所で宿営地が示され、第二中隊は上陸完了後の十四時四十分、宿営地となる金州の北二キロの三里庄に向かった。

十六時十分頃金州に到着、さらに北に進み三里庄に着いたのは十七時頃だった。

宿営地では現地の中国人と交渉して宿泊可能な家屋を探した。泊まる家が決まると、一軒に小隊の半分を入れた。ちなみに中隊は二一〇名（戦時編成）で、小隊は六十名あまりとなる。

宿泊するおおかたの家は高さ約九〇センチの床があり、広さは三・六メートルに一・八メートルぐらいで、他は土間となっていた。

〈其土間も亦狭隘（きょうあい）なるものなるを以って兵卒は横になる余地もなく膝を抱えて坐するに足る

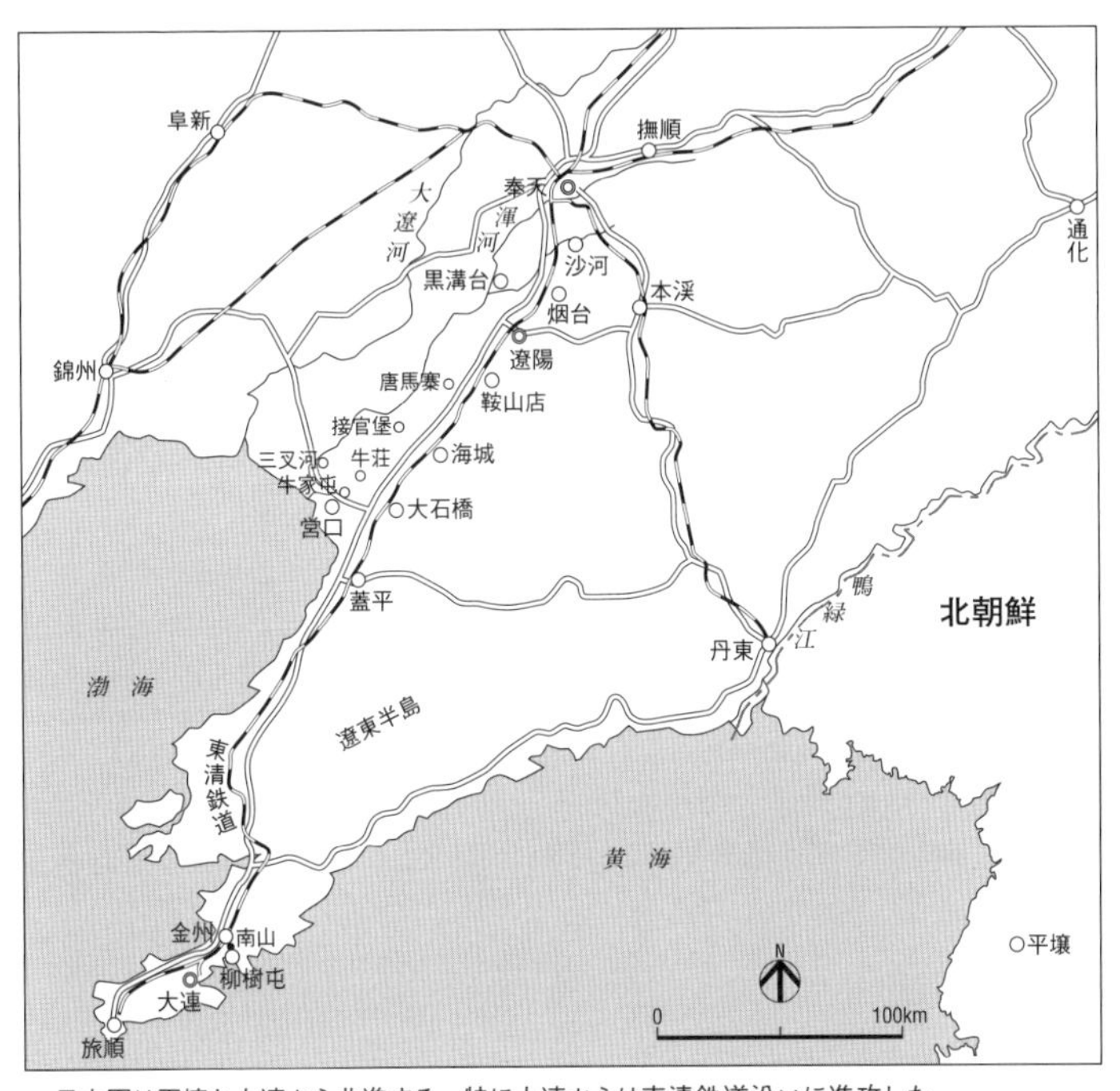

日本軍は平壌と大連から北進する。特に大連からは東清鉄道沿いに進攻した

のみ〉

〈床の下は空虚になしあり、食物を煮ると同時に竈の火気床下に通して床を暖むる〉とあり、今一般に知られるオンドルを備えていた。

〈瓦製の床上に薄き「アンペラ」一枚を敷き、其他は蒲団等の如きものは無論なく直ちに「アンペラ」上に着のみ着のままにて臥す〉

アンペラとは草の茎で編んだむしろである。寝具類が一切ないことから露営資材や補給品などの荷物、行李が部隊に追及できていないのは明らかだった。横山少尉が着ていたものは、夏襦袢（シャツ）、袴下（ズボン下）、袴（ズボン）で、それに外とうを被り寝ていた。

〈宵の中こそ火気ありて床温かなりしも夜半には全く冷やかにして寒さ甚だし〉

翌日は冬襦袢袴下（シャツ、ズボン下）、靴足袋と寒くないようにして寝たものの、明け方近くになるとその寒さは予想を超えていたようだ。

十月五日、ロシア軍は反攻を開始した。日本軍が遼陽会戦で受けた損害が大きく、弾薬も欠乏しているという情報を得ていて、それらが補充される前に叩こうとしたのだった。当初日本軍は防戦となっていたが、奮戦して敵の攻撃を阻止し、十日以降反撃を開始する。ロシア軍は接触したまま後退を続けていたが、日本軍も十月十六日弾薬不足で追撃を中止した。両軍は沙河を挟んで対峙したまま冬を迎える。

日本軍が反撃を開始した十月十日、五連隊は金州停車場から列車で三〇〇キロあまり北の遼陽に向かった。八師団は遼陽に集結するとの命令に依るものだった。列車といってもほとんどが貨車で、その多くは屋根がなかった。将校には軍用の客車一両があてがわれ、下士卒は一両に約三十五名が乗った。

列車は翌十一日朝、遼陽停車場に着いた。以降、五連隊は警戒・掩護の任務で、連日東奔西走していたが、とうとう一戦も交えることなく沙河の会戦は終了した。

沙河は満州南部の都、奉天から二五キロほど南に位置していた。第八師団は満州軍の予備として、第一線陣地の沙河から二〇キロほど後方(南)となる烟台付近に集結する。五連隊は烟台から西約六キロの腰接子付近に宿営することになった。第一線から遠く離れているとしても、襲撃(遊撃活動)や偵察で敵が陣内に入って来るので、監視・警戒は厳重に行なわれた。

以降、翌年一月上旬まで、五連隊は戦場にしては平穏過ぎる毎日を過ごしていた。警備上番以外の部隊は戦闘訓練、行軍、掩体構築、工事状況の見学、徒手体操、目測、手旗信号等の教育訓練を実施していた。時どき上級部隊から道路工事、偵察等を命ぜられもしている。

また、冬に備えて周囲の樹木を伐採して、薪割りや炭焼釜を作り炭焼きを行なっていた。訓練や作業のない日も時どきあり、講談が数回開かれ、健康診断も実施されている。

十月二十日の日誌には、

〈寒き為午前六時起床……午后六時壁土色の防寒套を支給せらる、製(ママ)青森に於いて用いしものと差なく色を異にするのみ、但し当地の土色と余り同一なるを以って識別を困難ならしむるに最も可なり〉

とある。防寒外とうが支給されるまで将兵は夏服と冬服を着て、さらにその上に外とうを被って寝ていたのだった。

十月二十四日には、〈本日陸行の大行李到着したる為にて従って毛布及び予の長袴靴下三足を受領せり〉とある。上陸して二週間あまり経ってから毛布が支給されたのだった。

福島大尉の親友であった東奥日報の齋藤武男の従軍記『第八師団戦記』に、〈兵士の被服は、外套一枚毛布一枚であるから〉とある。このことから、毛布は個人に一枚とされていたのがわかる。また、齋藤記者は将兵の寝ている状況について、〈宿舎のアンペラの上に、僅か外套一枚で凌(しの)いでいるのは、先ず以って上等の部中には宿舎の土間に、高粱稈(きびがら)を布いて、寝(い)ねているものもある〉としており、毛布のない就寝が常態化していたものと思われる。補給(大行李)が遅れていたにせよ、日本軍の露営装備の貧弱さに驚くばかりである。

あの当時の雪中行軍はほとんど舎営（民家）に頼り、露天の野営は雪壕に炭だけだった。それから二年あまり経っていたが、露営事情はその当時とあまり変わっていないように思われる。日露戦争で、部隊はおおよそ舎営をしていた。家屋が少ない場所では一部が舎営で、残りはキビガラ（高粱）を集めて壁を作り、天幕を用いて急造小屋を作ったりしている。天幕での宿営は展張・撤収に時間がかかり、狭く暖をとることもできない。それに毛布一枚では寒くて寝ていられないだろう。天幕露営は、よほどのことがない限り選択されなかったに違いない。実際に、後に出てくる黒溝台付近の戦闘において、敵と接触している第一線部隊に増援部隊が駆け付けたものの、「家屋乏しく」として一キロほど離れた隣村に宿営していることがあった。即応態勢よりも、家屋のある宿営場所が優先されていた。その原因はやはり露営資材などの貧弱さにあったものと考えられる。

八甲田山遭難事故となった田代一泊行軍の目的に行李運搬の研究があったことから、陸軍の将校らは部隊の衣食住に直結する兵站支援の問題点をはっきり認識していたもの考えられる。だが、問題は改善されることなく日露戦争は始まってしまったのだろう。

十二月三十一日には、正月にご馳走が食べられるよう食料や嗜好品が配られた。各人へ新年の副食として生肉（骨付約二百六十グラム）、生菜一日分（人参、葱、カブ）、白味噌（将校のため一日分）、赤味噌一日分、醤油半日分、加給品として酒二合、菓子約一一〇グラム、タバコ二〇本、スルメ一枚、干柿若干が配給され、午後から忘年会が催されている。

一月一日の日誌にはこう書かれている。

〈午前八時起床、各分隊毎に将校宿舎に来り年賀を受く。朝牛肉葱の味噌汁にて雑煮及び汁粉餅。連隊長の許に年賀に至り、午前十一時より大隊の将校の宴会に臨む〉

〈午后四時より第二小隊第三及び第四分隊の宿舎に至り新年会に臨む、午后八時まで歌うものあり、おどるものあり……〉

翌日は第二分隊の宴会に招かれていた。五連隊は、戦場の新年をそれなりに楽しんでいた。おそらくほかの部隊においても、同じように満州での新年を祝い過ごしていたのだろう。

津川支隊、三叉河の戦い

五連隊は、酷寒の満州において穏やかな年末年始を送っていた。

〈満州の寒気と云ったら、又特別のもので……戸外一足でも歩み出したら、鬚に掛る吐息が凝（ママ）って氷柱となるのだ……東北の寒さは寒くても、痛くない、満州の寒さは、寒さを通り越して痛いのだ〉（齋藤武男著『第八師団戦記』）

一月八日になると、訓練始めのようなことが行なわれている。九時三十分から津川連隊長の閲兵（観閲式）、分列式（観閲行進）の予行が行なわれ、十三時から閲兵と分列式が行なわれた。その際、第四旅団長依田廣太郎少将と師団参謀長由比光衛中佐が視察に来ており、終了後には宴会が催された。ただ、正月の浮かれた気分は間もなく消えてしまう。

日露両軍が対峙している沙河から西南西三四キロほどに、黒溝台（こっこうだい）という村があった。日露戦争で歩兵第三十二連隊（第八師団）の下士官として従軍していた赤間安吉が著わした『血痕』から、戦場となった黒溝台付近における地形の特性を知ることができる。

地形は平坦開豁（かいかつ）しており、いたる所に高粱畑、豆畑等があった。耕作物はすでに刈取られていて、交通や展望は自在となっている。ただ、高粱の切り株の高さが一五～一八センチで、先端は槍のようにとがっており、それに加えて凍結した畦は凸凹していて、人馬や車両の通過は比較的困難となる。

〈蘇麻堡（そまほ）、黒溝台、老橋付近には所々に小砂丘（すなやま）と湖沼がある〉

砂丘は比較的掘開容易であるが、その他は地下六～九センチ凍結しており、その掘開にはたいへんな労力と時間を要する。

〈道路は我国の如く修築を施し整然として居るのは稀で、自然的に放任され、其幅も亦狭隘（せまく）て、

準線迂曲し、主要なる道路の外は車両(くるま)の通過容易でない〉
〈村落は其周囲並びに各戸に堅固な囲壁を繞(めぐ)らしてあって、戦術上の拠点や、村落防御の為には最も有利だけれども、内部の交通には甚不便である〉
〈森林と言う程のものなく、唯所々の墓地と、村落には、楊柳等樹木あり……戦闘動作上大なる障碍(しょうがい)はない〉

河川は戦場を横断する「渾河(こんが)」、「沙河」などがあるが、冬は完全に凍りつき、その厚さは五〇センチを超え、人馬の通行は容易である。川岸は崖のようになっていて、その比高は五、六メートルになる所もある。遠方からはその有無を観察できないので、戦術上の影響は大きい。古城子付近には沼沢地が多いが、いずれも凍っているので通過は自在である。

第二軍軍医部が黒溝台付近の最高及び最低温度を記録している。第二軍は八師団の前方(北)第一線でロシア軍と対峙していて、その軍医部長は森林太郎、別名森鷗外である。『鷗外全集　第十七巻』の「黒溝台付近会戦に於ける低気温の戦闘、健態、創傷及び衛生勤務に及ぼす関係詳報」(以下「鷗外全集」という)のページを開くと、最高・最低気温が記載された表があるので抜粋する。

一月二十五日最高零下七・三、最低零下一八・〇、二十六日最高零下五・四、最低零下一

三・〇、二十九日最高零下九・五、最低零下二四・〇、三十日最高零下八・〇、最低零下二五・〇とある。最低気温は一月三十日で、会戦間の気温は、最高零下五・四、最低零下一八・〇となる。満州の冬季としては通常の寒気となっている。雪は時どき降るが、積もることは少ない。

参考までに当時の青森市は最高気温（℃）が二十九日の一・八で、最低気温が三十日の零下六・六となっていて、最低気温は戦場より一八・四度高い。

一月九日、ロシア満州軍（総司令官クロパトキン大将）は、旅順を攻略した乃木大将の第三軍が前線に追及する前に、日本軍の兵力が不十分な左翼沿いにミシチェンコ騎兵団を南下させ、海城、大石橋、蓋平付近の鉄道破壊と営口（牛家屯）にある日本軍の物資集積所の焼払いを目的とする後方のかく乱行動を開始した。

ミシチェンコ騎兵団は渾河西方の西方台から南下し、十日接官堡、十一日牛荘の守備隊を撃破して大石橋北方の線路を爆破した。十二日、牛家屯を包囲して攻撃をしたものの、日本軍の頑強な抵抗と増援部隊の到着によりミシチェンコ騎兵団は撃退されて、元の西方台に退却することになる。

これより前の十一日、大山総司令官は歩兵第五連隊長津川謙光大佐に唐馬寨付近に現出する敵の撃退を命じた。

五連隊の遭難事故で津川連隊長は軽謹慎七日の処分を受けた。そのとき参謀総長だった大山元帥は、連隊長の職も解けと寺内陸軍大臣に意見していた。陸軍において、因縁のある者同士が思わぬところで、指揮したり指揮下に入ったりするのはよくあることだった。

津川連隊長には自隊（第三大隊欠）の他に、歩兵第三十一連隊第三大隊、砲兵第十七連隊第一大隊及び騎兵第一連隊（第一中隊欠）が配属され、「津川支隊」と称された。

横山日誌にこうある。

〈午前九時命令あり……敵の別働（動）隊我后方連絡線を脅威するを防止する為鞍山店（あんざんてん）に向うべしと……〉

津川支隊は烟台から貨車に乗車、沙河鎮（ちん）で下車し、沙河（遼陽西南四里）で配属の砲兵と騎兵を掌握する。翌十二日早朝、同地を出発し、太子河沿いに敵を求めて南進した。途中、敵が撃退されて北進し、遼河と太子河の合流点三叉河付近にいるとの情報を得たことから、三叉河に急進する。

十四日七時五十分、津川支隊は三叉河付近でミシチェンコ騎兵団と接触し戦闘が始まる。

午前八時五十分、敵の二縦隊が遼河右岸を西方に急走するのを認め、津川支隊の前衛はこれに猛烈な射撃を浴びせた。第一大隊の後ろにいた部隊は第一線右翼に支援しようと、猛然と躍進を開始する。これを見たロシア軍は氷上を疾駆して大遼河右岸に退いて、そこから猛烈に射撃をしていたが、津川支隊は猛烈果敢に突進して右岸を占領し、第一線の二個大隊が突撃しようとしていたとき、ついに敵は阻止できないと判断し、あわただしく退却を始めた。

これが日露戦争における五連隊の初陣となった。津川支隊は一時間あまり北方に追撃し、翌十五日には牛荘城に入って市街の秩序を回復した。以後同地付近を守備していたが、二十日、総司令官の命令で歩兵第二十七連隊と交代になり、同時に砲兵と騎兵は配属を解かれた。二十四日烟台で支隊の編成を解き、師団に復帰した。

三年前の雪中行軍

この戦争で初陣を飾ることができた五連隊だったが、津川連隊長、倉石大尉、原田大尉、三神中尉、長谷川少尉らの脳裏には、遭難事故がよみがえっていたに違いない。

津川連隊長は、三年前のこの日、筒井の連隊本部にいた。田代に向かった演習部隊は本日帰隊する予定なので、その帰りを待っていた。辺りはすっかり暗くなっていた。結局、連隊長は演習部隊が帰隊予定を過ぎても帰らない事態に、翌々日までなんら処置することなく過ごしていた。特に、翌日の二十五日は、津川連隊長以下の五連隊将校団が転出将校の送別会をやっている。

津川連隊長はそのときの判断を、一月三十日付の大臣報告に記載している。その内容を簡単に記すと、第二大隊は田代に到着し、翌日出発したが暴風雪のため田代に引き返し、再度宿泊したと判断していたが、二十五日になっても消息がないので心配となり、翌朝捜索隊を派遣したということになる。

しかしながら、実際には、演習部隊は目的地の田代新湯を発見できず、二十四日未明には彷徨が始まっているのだから、津川連隊長の判断にはなんの根拠もなかったのがわかる。

そして新聞は捜索の遅れを批判する。

「連隊本部は如何にして二十四日の帰期（き）遅きを怪まざりしかと云えば之を要するに、発遣隊は一泊行軍の予定なるも、風雪の甚だしかりしが為に、山上の目的地に於て給養し居るものと認定したりと云うに過ぎず……然るに発遣隊が何の危難なしに目的通りの行軍を終え、何の故障無しに山中に救養しつつありとするの推測は、余りに楽天的に余りに放膽（ほうたん）的ならずや……」

（二月二日、報知新聞）

二十七日、後藤伍長が発見され、捜索隊の伝令が連隊本部に飛び込んだのは十四時頃だった。

「後藤伍長、神成大尉ほか一名を発見したり」

それを聞いた連隊長らは、神成は中隊長だからおそらく先導となっていただろう。神成を発

五連隊の営門。ここから雪中行軍に出発した

演習部隊は深さが足首くらいまでのワラ靴を履いていた

見したからには、ほかの者も続々と発見されるだろうといって安心していた。そして津川連隊長は演習部隊の帰りを待つことなく、官舎に帰宅している。

二十時頃、田茂木野から走ってきた三神少尉は連隊長官舎の玄関に倒れ込む。肩で息をし、「水ッ、水ッ」と声を発するのがやっとだった。連隊長から水を飲ませてもらい、しばらくするとようやく後藤伍長発見から神成大尉死亡までのあらましと、田茂木野での後藤伍長の証言を報告した。

遭難するはずがないとする連隊長の思い込みは一瞬にして崩壊し、驚愕へと変わる。だが連隊長は、生存者はいないと判断して捜索を後回しにしてしまう。まずは捜索隊の安全を考えて、約一〇〇〇から六〇〇メートルごとに逓伝哨所（連絡所）を設け、そこを拠点として死体の捜索を実施するというのだ。

哨所は雪を掘り屋根をかけたもので、二十八、二十九日とその構築と食料等の運搬が行なわれた。本格的な捜索が開始されたのは三十日からで、三十一日以降十六名が救出されている。

死亡者が一九九名と多数になったのは、連隊長が帰隊予定日を一日過ぎていたにもかかわらず、何も処置をしなかったことにある。指揮官の状況判断の重大さを知らされる。

第三中隊長の倉石大尉は、
〈遭難第一日夜の露営設備不完全なりし為、翌日の災難に適当の処置を執る能わざりしは畢竟将卒の経験に乏しかりしに因ると雖も、亦勇気挫けて作業進行せざりしこと遂に遭難の第一著を演ずるに至らしめたるになり〉
と、事故の原因を語った。部隊の訓練不足と成り行き任せの行動を明らかにしたのだった。伊藤中尉が山口少佐に意見具申して彷徨をやめさせようとしたが、他の将校は何もせずただ前について歩いているだけだったのである。その際、伊藤中尉は、倉石大尉に相談もしていた。

明治三十八年一月の『偕行社記事』に「下士卒凍傷予防の心得」と題した記事がある。その前年の十一月上旬に満州の宿営地において、倉石大尉が講話した内容を記事にしたものだった。構成は第一凍傷についての覚悟、第二皮膚の練習、第三凍傷に罹らざる一般の予防法、第四寒冷の身体に及ぼす状態並びに救急法等から成る。それらのなかに遭難当時のことも語られている。

〈遭難第二日払暁より暴風雪に会いし二百十名の多くが凍傷に罹り、黄昏の頃に至りて汝等の故戦友は続々武装したるまま路傍に僵れ、或は駄載器具又は精米二斗入り叺を負い仆れ……〉

そうしたなかで、倉石大尉は炊事用の大きな釜を背負う山本一等卒に、釜を棄てるよう諭していた。

〈遭難三日目払暁帰路に迷い鳴沢第二露営地に在りし時、上等兵小野寺熊次郎突然余が許に来り告げて曰く「駒込川を下り幸畑村を発見して斥候只今帰れり」と。此の任務は何人も命じたることなし。畢竟上等兵が不眠の結果常識を失いたるの証なり〉

関係はよくわからないが、その日、倉石大尉は帰路捜索のため、斥候二組を出している。

〈遭難第三日午前、鳴沢露営地において行軍隊の多くが視力に変化を起こせし結果、樹木を認めて救援隊と誤認し、喇叭手春日林太夫号音を吹奏せんとせし時、管其唇に凍着して暫らく奏ずる能わざりし例あり〉

小原伍長が、「まだ目に残っていますね、ブブー、ブブーと吹くのが……」と語っていた場面である。

倉石大尉は、風雪に遭遇した場合の処置について、〈四方晦冥咫尺を弁ぜず行路不明となりたるときは断然意を決して墓地、樹木、地隙等に避け天候の定まるを待つべし〉としている。

倉石大尉にとって、この部分が一番の反省点であったと思われる。二十四日未明、山口少佐の命令だとはいえ、帰る方向が全くわからないのに露営地を出発していた。それが彷徨の始まりであり、ひいては死者一九九名の大惨事に至ったのである。

倉石大尉が遭難の核心に迫る発言をしていたのは衝撃的であった。まるで自らの死を予感し

雪中行軍隊の捜索の状況。捜索は一列横隊に進んで行なわれた

遺体の搬送の光景。凍結した遺体は溶かされてから納棺された。無言の帰隊となった

てのことだったのかもしれない。この記事は倉石大尉が亡くなった三日後に発行されている。

それはあたかも倉石大尉の遺言のようでもあった……。


その帰隊予定日に第七中隊長の原田大尉は、演習部隊が帰ってこないので心配になり、猛吹雪のなか幸畑まで迎えに行った。だが、鳴沢で彷徨していた演習部隊が帰るはずもなかった。

原田大尉は二十六日に弘前の師団司令部で行なわれる被服委員会参加のため、演習編成から外れていた。演習部隊の遭難が明らかになって以降、原田大尉は捜索隊本部が設置された田茂木野において、死体収容所の長となっている。それは二大隊の残留者で原田大尉が最上級者だったからなのだろう。

死体収容所の業務は、まず石のように凍結した死体を莚（むしろ）と毛布で覆い鉄製の寝台に乗せ、これを下から炭火で適度の温度で暖める。凍結を溶かすまでは六～十二時間を要した。その後、準備した制服を着せて納棺し、橇で筒井の屯営に輸送するまでとなる。

二月二日、大崩沢（おおくずれさわ）の炭焼き小屋で長谷川特務曹長らが救助され、衛戍病院に移動途中の田茂木野で、原田大尉は直属の部下である長谷川特務曹長から遭難状況を聞いた。

「原田大尉は長谷川特務曹長の実話を聞き取り、声を正して『今度はすべて戦時の取扱だ、是から帰ったら何も思わず静養せよ』と告しに、長谷川無限の感に打たれて『モー私は死んでおりましたので……』と跡は云い得ず熱涙のこぼるるのみ」（二月六日、報知新聞）

原田大尉は演習部隊の帰隊が遅れていることに異状を感じていたが、連隊の将校でそう思っていたのはわずかだった。

田茂木野の死体収容所の編成に、三神少尉の名前もあった。その前に三神少尉は帰隊しない演習部隊の捜索を命じられていた。その編成は村上其一軍医、下士以下十四、五名、それに田茂木野村の道案内人四名からなる。

捜索は二十六日から始められたが、準備不足で山に入った時間が遅く、途中で引き返さなければならなかった。

二十七日十一時頃、捜索隊は大滝平で後藤伍長を発見する。

二月二日の巖手毎日新聞に救助の状況が載っている。その内容に関して同新聞は、「捜索隊として遭難地に出発したる某氏よりの信書を得たる」としている。

「山腹に人影あるを認むれ共（ども）、大吹雪の為確かに人たることを知り得ざりしが、漸く雪を排して進めば是ぞ第八中隊伍長后（ママ）藤房之助氏にして、一人なりやと問えば神成大尉も居る筈なり又鈴木少尉は此の小山の頂に登りて影を失いたりと答えし……」

神成大尉はしばらくして発見され、軍医によって応急手当が施されたものの、凍結していくばかりだった。やむを得ず、後藤伍長のみを田茂木野に連れ帰った。

田茂木野の民家で手当てを受けた後藤伍長は食を求め、タバコを吸うようになるまで回復した。演習部隊の状況を聞くと、後藤伍長は次のような話をする。

「三度露営して翌日も又早々出発したるが、この時残るもの僅かに将校二名伍長二名のみ、その内伍長一名倒れ第四回目の露営をなしたる。翌二十七日朝神成大尉曰く、余既に歩行する能わず、汝は之より行きて村民に語れと……」

後藤伍長の証言は、それを聞く三神少尉らに、後藤伍長以外は全員死亡したと認識させる内容だった。

三神少尉が発した伝令が連隊本部に飛び込んだのは十四時頃だった。だが、伝令は神成大尉らを発見したことは伝えていたが、神成大尉の死亡は伝えていない。そのため連隊本部は安心していた。

ここで問題となるのは、なぜ伝令が神成大尉の死亡を伝えなかったのかということになる。おそらく神成大尉の死亡が確認される前に、三神少尉は伝令を発進させてしまったのだろう。

捜索隊長の三神少尉は、重大な誤りを犯していたことに気づき焦っていた。速やかに、連隊長に神成大尉の死亡と後藤伍長の証言、特に生存者が後藤伍長一名のみであることを報告しなければならないと思ったに違いない。自らが約七キロ先の連隊本部に向かい、猛吹雪の雪中を必死に走ったのだった。

ところで、生存者に伊藤中尉がいた。五連隊の出征幹部名簿にその名前はない。いろいろ調べると、伊藤中尉は大尉に昇任していて、後備歩兵第八旅団後備歩兵第五連隊に所属し、この戦場にいたのだった。横山少尉の日記に、後備五連隊の宿営する大黄屯に行軍訓練を行なったことが書かれている。後備五連隊に五連隊の将校や下士官の一部が転出して編成されているので、挨拶にでも行ったのだろう。その一人に伊藤大尉がいたものと考えられる。

伊藤大尉は、一日たりともあの事故を思い出さない日はなかったようだ。

〈出発の一月二十三日は当地方とすれば、さして悪天候ではなく寧ろ良いお天気でありました。午前六時五十五分兵営を出発しました〉

幸畑村東南端より先頭小隊はカンジキを履いて圧雪した。田茂木野東方より傾斜が急になり、橇隊の前進は遅れ、そのため徒歩部隊はしばしば到着を待ちつつ行進をし、あるいは小隊が援助したりして行進をしていた。

〈小峠に至った時は既に午前十一時になったので、橇の着するのを待って昼食にした……昼食をとらんとしたが、その時既に御飯は凍うていた〉

それから田代を目指して進むものの、橇があまりに遅れてしまい二個小隊を支援させるなどしていた。馬立場に到着した頃には日が暮れかかっており、鳴沢を越えた頃には日が暮れ、風雪も甚だしくなっていた。

田代に到着できず、やむをえず鳴沢平地に露営することになった。各小隊は位置を選定して雪壕を二メートルあまり掘ったものの、地面に達することはなかった。午後十時頃木炭一俵（約一五キロ）と杉葉の焚付を配分される。炭を熾すと、隊員は喜び、携帯の丸餅を焼いて空腹を凌ごうと先を争い焼き始めたが、炭火をあおるに従いだんだん雪が溶け、二メートル近く沈んでしまった。

風雪はだんだんと猛烈さを増し、それに寒気が加わる。兵士は黙って座っていられず、立って足踏みをし、あるいは軍歌を唄うなどして睡魔を破り凍傷を防いでいた。

翌二十四日午前一時頃、半熟飯ができあがり配分されたものの、多くの者は食べなかった。伊藤中尉はがまんして食べていた。

〈夜中になってから急に温度が低下して来たので、山口大隊長は各中隊長及び軍医を集め〉、帰営を命じた。よって、二十四日午前二時半頃に露営を撤収して出発する。

〈私は先頭に立ち前日往路の足跡を踏みながら進んだが、前日来の大吹雪のため足跡が消え一向判らず、案内の神成大尉を先頭に立って貰ったが、矢張り判らず、吹雪は益々猛烈にして四面暗澹、咫尺を弁ぜず、右すれば高山に突き当り、左すれば深谷に落ち込むという有様で如何ともすることができず〉


　伊藤中尉は神成大尉と相談して、この状況で前進するのは得策でないから、昨夜の露営地に引き返し、天候が回復するまで出発を待とうと決め、部隊を転進させた。

〈それで私は最後尾になり、神成大尉は先頭に行った。而して前夜の露営地に行っても止まらず、之を右に見つつ行進する……何(ど)うしたことであろうと後で聞いてみると、山口大隊長は佐藤特務曹長が田代の道を知っていると話したのを軽率に信用し、この雪中行軍の指揮官たる神成大尉に相談せず「然らば案内せよ」と命じて、暗夜田代に向け行進したが、進路を誤り、駒込川の本流に迷い込み、一歩も進むことができなくなったのである〉


　そして、こう断言した。

〈雪中行軍のあの悲惨事は実に山口大隊長が軽率にも雪中行軍の計画者であり指揮官である神成大尉に相談もせず、命令を発したのがそもそもの原因である〉

伊藤中尉も明治の頃は本音を語れなかったようだが、昭和になると山口少佐を遠慮なく批判している。

〈空腹と寒気と吹雪で引返す途中既に歩けぬもの、斃れるもの続出で、最後にいる私等が介抱し切れなくなり、前の小隊の応援を頼んだが一人も来なかった〉

最後尾にいた伊藤中尉は、このまま前進を続けたら凍傷や死亡者が多数出ると思い、倉石大尉と相談して、山口少佐にこの状況を報告しようとした。伝令を二、三回出したが一向に通じないことから、自分で前に進んで山口少佐に会い意見具申した。

〈具（つぶさ）に凍傷及び斃れるものの続出することを申述べ、このまま継続する場合は死者が出るから、再度露営することを提案したが聞かなかった。実は山口大隊長はその時、寒さのため頭脳の明瞭を欠いていたようであった〉

たたき上げの伊藤中尉は、大隊長に遠慮なく意見を具申したものの山口大隊長を止めることはできなかった。このとき、部隊を止められたのは、おそらく大隊長のそばにいた演習中隊長の神成大尉だった。

〈涙をのんで行軍を続けたが、風雪益々ひどくなる。落伍者が出る、かくするうちに水野子爵の子息水野少尉が歩行困難となってきたので、私が側へ行って何（ど）うしたかと問うてみたが、何

駒込川渓谷の情景。この川を下れば、筒井の営所に帰れると信じて何人も飛び込んだ

も云わずにそのまま斃れた〉

山口少佐もさすがに驚いて、鳴沢西南の窪地に露営することになった。

露営三日目の朝（一月二十五日）。

〈この日神成大尉は各小隊を点呼せしに三分の一は斃れ、三分の一は凍傷のため自由を失い、後三分の一は比較的健全であった〉

斥候によって馬立場への道がわかり、十二時頃、倉石大尉に従う者約六十名は第二露営地を出発した。馬立場辺りを進んでいたが彷徨は続いていた。その頃に生き残っていたのは三十余名しかなかった

〈二十六日私は倉石大尉と相談して、このままいる時は只死を待つのみであるから、賽ノ河原より駒込川に沿うて青森へ下る方が一策であると提言し、元気ある者を集めて大滝の下を望んで下りた〉

苦労して崖を下り、川沿いに下ろうとしたが、両岸は絶壁で進めなかった。また、川を下ろうとするも、凍っていなかったために歩くことができなかった。

〈疲れのため元の位置に引返す元気もなく、進むに進まれず、進退極まってしまった。私が全員を点呼したら十八名あった〉

渓谷は強風があたる山上より若干暖かいため、伊藤中尉は連日の疲れが急に出てウトウトと眠ってしまう。ウトウトしながらも常に手足の指を動かしていた。

三十一日朝、目が覚める。天気は晴れていた。

〈山をみると烏が二、三羽いるのを見たから倉石大尉と相談して烏という鳥は人里の近所に住む鳥であるから、付近に人家か、炭小屋かがあるに違いあるまい。このままここにいても死ぬのだ。勇を鼓して山の上に登ってみようではないかと相談をかけたら賛成してくれたので、残っている兵士に命じたら誰も動かない。仕方ないから屈強な兵士二名を無理強いにつれ、四人が急な山をよじ登ることにした〉

捜索隊が崖の真ん中あたりに人らしいものを発見し、叫んだりしてその方向に進んだ。

〈登りつめると烏がいる所まで、もう一つの峰がある。所が二羽の烏が三羽になり四羽になり、それが三十羽に増え私達の方へ進んでくるようである……不思議だなと思うていると、彼等は伊藤中尉が生きているなど私語している。そこで私は捜索隊であると感づいたものである〉

四人は捜索隊に、崖下に山口少佐らがいることを伝えた。

〈他の三人は兵に背負われたが、私は比較的元気であったから拒んで救護所まで歩いて行ったが、疲れのため遅く、ために進められて背負わされて第七哨所に行った〉

青森衛戍病院に橇で運ばれたが、沿道は捜索隊と見舞客のためひどい人出だった。

〈私は病人でないのに何故に病院に運ばれるのか反問した。私宅では十分静養できないというので、無理に入院せしめられた……見舞客殺到だ。知人は申すに及ばず新聞記者にいたるまで、数え切れない程であったが、翌日は誰れも見えない。何うした事か聞いてみたら軍医が面会謝絶を命じたのであるという〉

〈これで大体遭難の話が終わったが、最後に一言しておかなければならぬことは、山口大隊長が各兵士に自由行動を命じたと世間ではいっているが、決して左様な命令は出しません〉

最初に救助された後藤伍長の証言によって、演習部隊は「任意解散」したと誤った事実が伝えられ、信じられていることへの腹立たしさがそこにあった。大隊長を批判していた伊藤元中尉であったが、その点は曖昧にできず、山口少佐を擁護した。そして最後の最後にこう言った。

〈山口大隊長は二月二日侍従武官より御沙汰を拝してから死亡されたのである〉（『青森市史別冊雪中行軍遭難六〇周年誌』）

その伊藤元中尉も、この口演から一カ月あまりしてこの世を去った。口演が伊藤元中尉の遺言となったように思われる。

第六章

立見師団長、苦戦の黒溝台会戦

第五連隊三大隊の奮戦

第五連隊は三叉河の戦いを終えて腰接子の宿営地で休んでいたが、ロシア軍は黙々と次の準備をしていた。

騎兵第一旅団長秋山好古（よしふる）少将は、ロシア軍の大規模な攻撃の兆候を満州軍司令部に報告していた。「日本騎兵の父」と呼ばれた秋山少将の弟は、日本海海戦でロシアのバルチック艦隊を全滅させた連合艦隊作戦参謀の秋山真之（さねゆき）である。

参謀本部編纂の『明治卅七八年日露戦史第七巻』には、沙河方面の敵第一線後方において、連日、大兵団が西方に移動しているのが確認されていたとし、〈其他俘虜（ふりょ）の言に依るも敵の大部隊東方より西方に転位すること疑い無き〉と書いている。

当時、日本の第一線陣地は、北の沙河を頂点として右（東）端は上石橋子（じょうせききょうし）、左（西）端は黒溝台と、なだらかな山形のように配置されていた。上石橋子と黒溝台との間隔は直線距離で六〇キロ余りある。部隊配置は右から第一軍、第四軍、第二軍となっている。第二軍の左側半分以上となる正面幅一六キロほどの地域は秋山支隊が担任し、東から李大人屯（りだいじんとん）、韓山台、沈旦堡（ちんたんぽ）、黒溝台と守備していた。その左には、十一個の歩兵中隊を基幹とする第二軍兵站守備隊が、

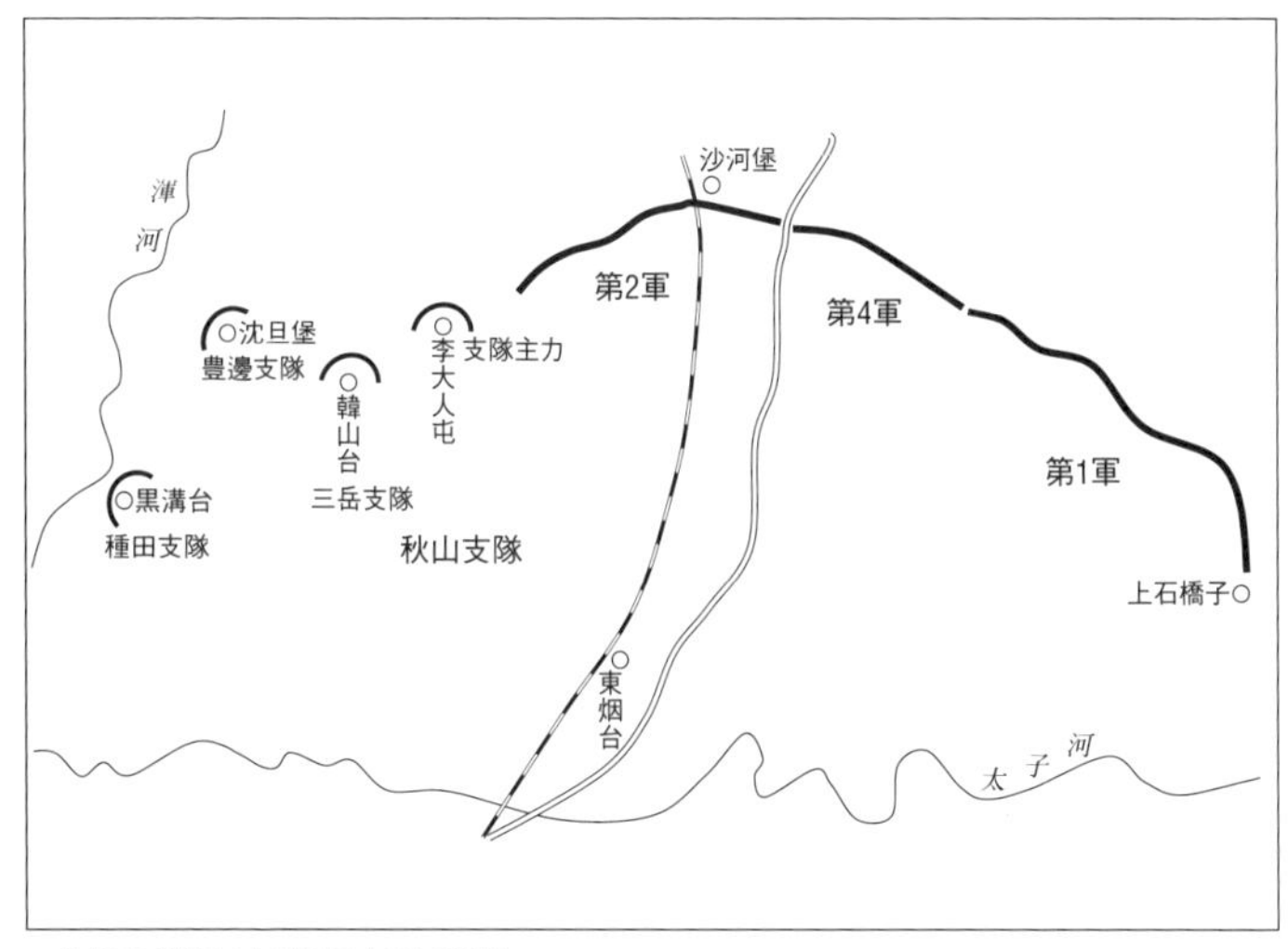

沙河の対陣における日本軍の配置

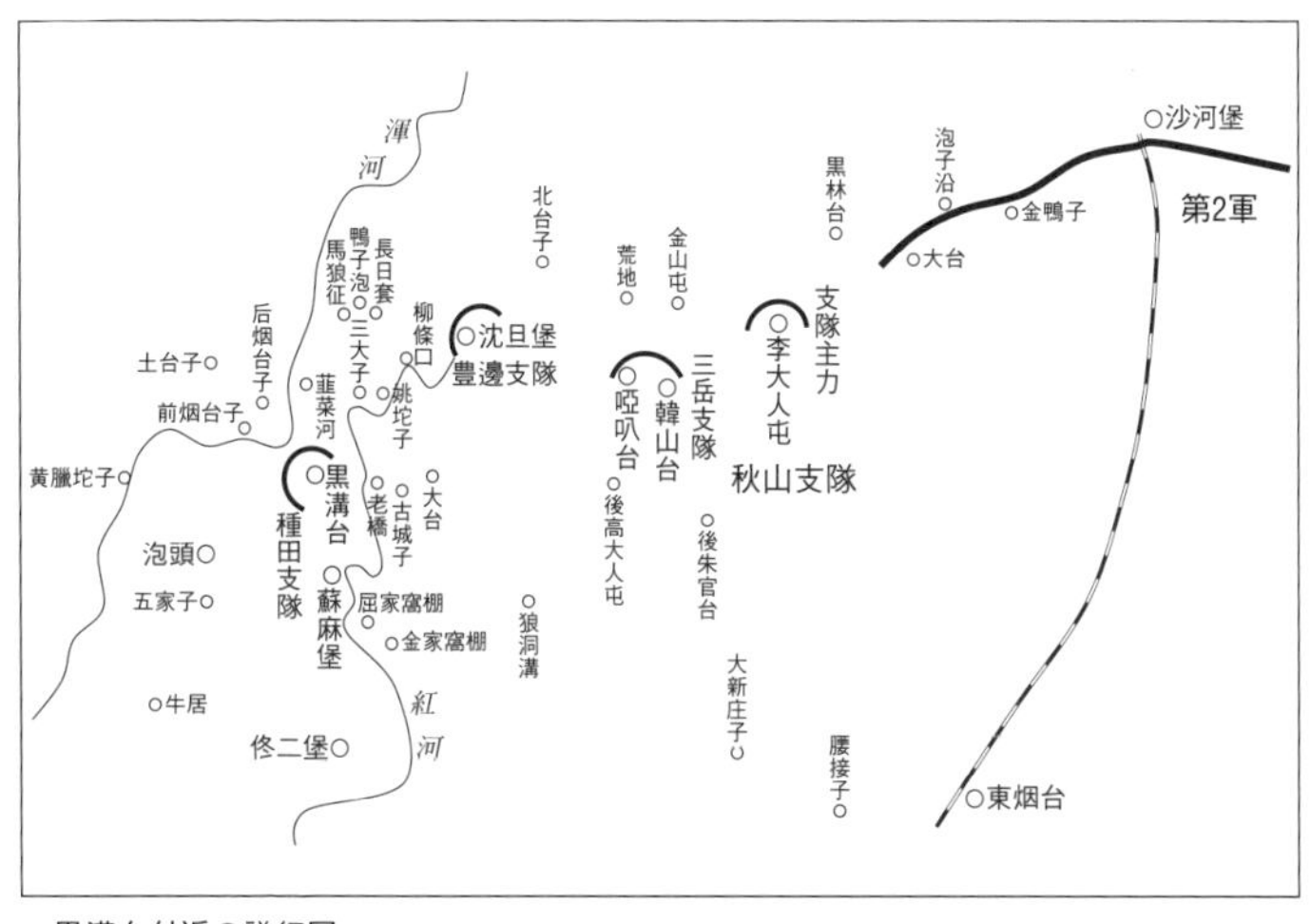

黒溝台付近の詳細図

黄臘坨子から南西方向となる渾河沿いにある倉庫を援護していた。日本の守備の最左翼は、騎兵第二旅団（二個の騎兵連隊基幹）が援護している。

秋山支隊の編成は、歩兵大隊三、騎兵連隊八、砲兵中隊二、工兵中隊二、機関砲隊一からなり、騎兵が主力の部隊となっている。その部隊が先の四つの拠点に分けられた。秋山支隊主力は、李大人屯で歩兵中隊六と騎兵連隊二基幹、韓山台の三岳支隊（騎兵第十連隊長三岳於兎勝中佐）は歩兵中隊二と騎兵連隊二基幹、沈旦堡の豊邊支隊（騎兵第十四連隊長豊邊新作大佐）は歩兵中隊三と騎兵連隊二基幹、黒溝台の種田支隊（騎兵第五連隊長種田錠之助大佐）は歩兵中隊一と騎兵連隊二基幹とされた。兵力を比べると黒溝台が一番少ない。各陣地間のおよその直線距離を見てみると、李大人屯から韓山台が四キロ、韓山台から沈旦堡が六キロ、沈旦堡から黒溝台が八キロとなる。陣地間の相互支援は無理なので、敵の攻撃には独立して阻止しなければならない。

日本の陣地配備において、兵力が少なく拠点陣地しかないこの左翼（西側）が最大の弱点となっていた。

ロシア満州軍第二軍司令官のグリッペンベルク大将は、攻勢に消極的な総司令官のクロパトキン大将に対し、日本軍左翼の攻撃を強硬に主張する。その結果、総司令官はその攻撃を認める。

〈一、満州軍は日本軍を攻撃し極力これを太子河左岸に駆逐せんとし一月二十五日運動を開始し第一目標を日本第二軍とし其左翼を包囲す〉
〈二、第二軍は先ず金鴨子（きんおうし）、大台（だいだい）、李大人屯、沈旦堡の敵陣地を攻略後、北烟台、大東山堡の線に前進し……〉

命令下達後、総司令官のクロパトキン大将は各司令官らに対し、命令の補足と指導を行なった。

〈第二軍最初の任務は泡子沿（ほうしえん）、大台、黒林台、李大人屯、沈旦堡における敵の前進陣地を略取するに在るが故に後朱官台、後高大人屯、古城子、黒溝台、馬圏子の線を進出せざらんことを希望す〉

そしてこうも言った。

〈而して堅固なる敵陣地の正面攻撃は其左翼攻撃の成果を見るに非ざれば決行すべからず〉
要するに、総司令官は第二軍に対して黒溝台より前（南）に進むなと釘を刺し、他の司令官らには第二軍の攻撃が成功するまで動くな、としたのである。

総司令官クロパトキンと第二軍司令官グリッペンベルクの関係がうまくいっていないのは明らかだった。本作戦をしぶしぶ認めたクロパトキン大将は内心面白くないので、作戦指導でやり返したということなのだろう。グリッペンベルク大将の作戦は良かったのだが、クロパトキン大将がその足を引っ張る構図となっていた。

日本軍の弱点である西側にロシアの大部隊が移動しているのがはっきりと確認されていたにもかかわらず、日本の満州軍総司令部作戦主任参謀は威力偵察と判断し、総司令部も寒い時期の大規模な攻勢はないものと油断していた。この時点において、情報参謀が敵状をどう見積っていたのかわからないが、情報は得てして作戦に軽視される。

それに、参謀はともすれば本部にいて、彼我が展開された図上で物事を判断しがちである。それは将棋や囲碁で棋士が長考している姿と似ている。だが、第一線にいる将兵は厳寒のなか、さまざまな兆候を五感で感じているのだった。それは現場でなければ感じることのできないものであり、その微妙な兆候、緊迫感、異常さは参謀などになかなか伝わらない。だから参謀の現場進出が重要なのである。

八甲田の遭難事故では、演習部隊が帰営日に帰ってこないにもかかわらず、津川連隊長は、部隊は無事田代に到着したが、天気が悪いので田代に戻って宿営しているだろうとして、翌日も放置していた。

大部隊の移動や、帰営しないという明らかな兆候があったにもかかわらず、自らの固定観念

李大人屯の西側には障害を設置して間隙を防いだ

激戦の黒溝台付近。北側の運河は凍り、部隊の移動が可能となった

にとらわれていたせいで、多くの犠牲者を出すことになる。

ロシア満州軍は日本の期待を裏切るがごとく、約十万の大兵力をもって攻撃の態勢を完了していた。部隊規模で示すと、師団六、騎兵師団三、旅団三、騎兵旅団一、連隊二となる。その行動開始は一月二十五日零時とされた。

そのロシア軍の攻撃正面にいたのが秋山支隊で、その兵力は一万人にはるか及ばない。

一月二十五日、当日の最高気温（℃）はマイナス七・三、最低気温マイナス一八・〇で、「曇天にして北風稍強く夜、雪を降らす」（『陸軍衛生史』）
明け方辺りからロシア軍の圧迫が強まってきた。敵の攻撃は沈旦堡と黒溝台に集中していた。三時頃、秋山支隊主力の前哨陣地である黒林台が襲撃を受け、一旦退却したものの四時三十分撃退し、同地を回復した。
三岳支隊の韓山台正面では、前日襲撃され占領されていた警戒陣地の金山屯と荒地（こうち）を奪回しようと攻撃を加えたが、敵の頑強な抵抗と続々と増える兵力によって前方から退却していた。
豊邊支隊は三岳支隊の前地奪回攻撃の支援をしていたが、沈旦堡西側の圧迫が強まりその兵力を戻す。十一時、敵騎兵二個中隊が味方の警戒陣地である馬狼征（ばろうせい）と韮菜河（ひさいが）に侵入し、警戒部隊は後方に退却となる。敵の砲撃は激しく、沈旦堡の機関砲一門が破壊された。鴨子泡、三犬子、長日套、北台子、柳條口の警戒陣地は優勢なる敵に攻撃包囲され、部隊はことごとく退却する。沈旦堡は北と西から攻め込まれていた。

黒溝台の種田支隊は前哨を前烟台子、后烟台子、黄臘坨子、土台子に配置していた。黒溝台の防御工事が遅れていたことから、佟二堡に滞陣していた歩兵第五連隊第三大隊（大隊長樋口善吉少佐）から一個小隊の支援を受けていた。

黄臘坨子には第二軍兵站守備隊の一部である二個小隊（後備歩兵第二連隊第二大隊所属）が置かれていたが、四時三十分頃、優勢なる敵の攻撃を受け壊滅した。包囲されて退却できなかったのか、日本兵は戦死二十二名、捕虜六十一名となっていた。

種田支隊長は、四時三十分に頭泡守備隊からの通報で黄臘坨子が敵に包囲されたことを知り、六時三十分、牛居守備隊長から敵の歩兵約一個大隊が黒溝台に向かっているとの通報を受け、これら状況を後備歩兵三十一連隊（長、小原文平中佐）と歩兵第五連隊第三大隊に通報した。

小原連隊長は黒溝台の付近の情勢が悪化しているのを察し、連隊主力を黒溝台に移動させ支援する。また、樋口少佐は大隊主力を五家子に前進させ同地を占領し、頭泡守備隊と協力して黄臘坨子前哨の後退援護を実施した。

韮菜河と烟台子の各約一個歩兵連隊と黄臘坨子の約一個旅団の敵は、十三時頃より黒溝台を包囲するかのごとく徐々に接近していた。それを支援する砲火力は黄臘坨子約十二門、後烟台子約六門、韮菜河約四門である。

十四時頃、敵の圧迫を受けた頭泡の守備隊は、二キロ後方の蘇麻堡に退却してしまう。それを見た五連隊三大隊樋口少佐は一個小隊を頭泡の偵察に出し、続いて主力に頭泡北端を占領させた。そのとき、敵は黒溝台攻撃の真っ最中で、その右翼は頭泡にいた樋口大隊の四、五〇〇メートル前にあった。樋口大隊が猛烈な射撃を開始すると、敵は大混乱となり、その損害も多大で一キロほど後退する。

その後、敵の砲撃はますます激しくなり、後続部隊は続々と増えていた。それもそのはず黒溝台の正面には砲兵師団を含む約二個師団が押し寄せていたのである。時間の経過とともに日本側の損害は増えるばかりだった。

参謀本部編纂の『明治卅七八年日露戦史第七巻』に以下のような内容が書かれている。

頭泡の樋口大隊は、黒溝台が敵に奪取されたのではないか、優勢な敵を阻止できないと判断して敵の砲火が止んだ十九時十分頃に頭泡を離脱する。黒溝台の種田支隊は二十時三十分頃の退却となる。その五分前に、八師団の命令「種田支隊は……黒溝台を固守するを要せず。夜に乗じ佟二堡若しくは……方向に退却すべき」の通報を受けたことになっている。

だが、田村友三郎従軍手記『血の爆弾』で、それが虚偽であることがわかる。

黒溝台を守備していた藤縄三九郎騎兵大尉は、立見師団長に戦況を報告している。

〈黒溝台守備隊は一月二十五日早朝から敵の包囲攻撃を受け、特に各方面から激しい砲撃を受けたため、兵員並びに馬匹(ばひつ)の死傷も非常に多く、援軍来着の望もなく、剰(あまつさ)え敵の一部はとうとう村内に侵入し、到底維持が困難となったので、已むを得ず日没を待って黒溝台を棄てて退却した〉

やはり種田支隊は命令に基づいて黒溝台を退却したわけではない。それに、『歩兵第五聯隊史』に、日が暮れようとした頃から敵の攻撃は一段と激しくなったが、黒溝台の銃声は次第に衰えた。種田支隊はすでに退却していて、同地は敵に占領されていたのだった。〈我は最早孤軍奮闘して此の地を死守する必要と価値はない〉として、十九時二十分、敵砲火の中断に乗じ、隊をまとめて五家子に退いたとしている。

結局、参謀本部は種田支隊が自らの判断で、早期に退却したのを隠蔽していたのだった。

五連隊三大隊（樋口大隊）は頭泡での功績が認められ、立見師団長から感状を付与されている。

〈右は……一旦敵手に委(まか)したる頭泡を奪還し既地に於いて六倍以上の敵を抑留し敵の黒溝台に

向ってする攻撃力を減殺せしめ支隊の危急を緩めたる功績顕著なり……〉
文面からすると、樋口大隊が種田支隊よりも先に頭泡を退却していたら、もらえるはずもない感状である。

攻撃目標は黒溝台

立見師団長は、逐次入る戦況から黒溝台に敵の攻撃が集中しているのがわかった。

正午、大山総司令官から八師団に命令が示される。

〈正午総司令官より勉めて多数の兵力を以って直ちに前進し黒溝台及び韮菜河方面の敵を攻撃すべき命令に接せり〉

八師団の参謀長由比光衛中佐は、①黒溝台の我は騎兵四個中隊、歩兵一個中隊で、それに対する敵は約一個師団（当初の見積）であることから、黒溝台は持ちこたえることはできない。
②広範囲に分散している八師団を集結させるには七、八時間かかる。準備できた部隊から戦闘させたら各個撃破されるだけとなると判断し、大山総司令官に報告する。
〈種田支隊を佟二堡若しくは古城子方向に退却せしめて敵を該方面に誘致し師団の全力を以って之に対するを得策なりと〉

師団は後備歩兵第八旅団を除く隷下及び配属部隊を大新庄子西方に集合させ、状況に依り爾後の行動を決定するとした。

後備歩兵第八旅団に与えられた命令は次のとおり。

「主力を大台付近に置き、沈旦堡守備隊の左翼より金家窩棚(きんかかほう)に亙る間を警戒し、別命ある迄この線以外に進出すべからざること」

要するに、後備歩兵第八旅団主力は、八師団の進出援護となったのである。もっと簡単に言えば、八師団の防波堤になって、師団が敵の攻撃を受けることなく、攻撃準備ができる良い場所を確保しておかなければならない、ということである。

第八師団の「黒溝台を一旦放棄して攻撃態勢確立後に黒溝台を奪取する」という作戦は、後の数回にわたる攻撃の頓挫、多数の死傷者から失敗だとする評価がある。

後備歩兵第八旅団を黒溝台に投入して師団の進出を援護させれば、八師団は黒溝台方向からロシア軍を分断するような攻撃ができた可能性もあった。

似たようなことは、あの遭難事故にもあった。

八甲田山の演習部隊の帰営を待つことなく官舎に帰った津川連隊長は、田茂木野から駆けつけた三神少尉の報告を聞き、生存者はいないとして二日間捜索を実施せずに捜索隊の宿泊場所を構築させていた。

　いずれも状況判断の誤りが繰り返されており、そのため犠牲者はさらに増えることになる。

　一月二十六日、当日の最高気温（℃）はマイナス五・四、最低気温マイナス一二・〇で、「夜来の降雪、積むこと二、三寸尚細雪を降し展望を妨ぐ、東風稍強し」（『陸軍衛生史』）八時頃、やや回復し東空には一時太陽が見えていたが、それも長く続かず風雪は終日続いた。八師団は二十五日夜を徹して、古城子より金家窩棚にわたる線に前進したが、暗夜のため行進は遅緩した。歩兵第四旅団の五連隊や三十一連隊が金家窩棚東端に集合完了したのは二十六日八時である。三十二連隊は未明に大台東南端に到着した。その行進の困難な様子が赤間の『血痕』から浮かぶ。

　夜の暗闇は視界がきかず、果てしなく続く高粱畑の切り株は鋭い槍のようだった。遥か遠くの沈旦堡方面に戦火が見え、それが前進方向となった。

〈飛雪粉々恰（あたか）も灰を撒くが如く、寒威更に加わりて零下二十有余度。歩々靴底には雪砂混和して凍結固着し、離脱するに術なく船底の形となって、転倒又転倒……〉

　午前七時、工兵大隊の田村中隊長は大台の西南に到着し、命令受領のため師団司令部に行った。

〈見るもいぶせき茅屋内で、今しも老師団長は、その幕僚及び後備歩兵八旅団長の岡見少将と鳩首、軍議を凝らしていた〉（田村友三郎著『血の爆弾』）

そのときに、先にあった黒溝台を守備していた騎兵大尉の報告がなされていたのだった。師団が掌握した敵情は、約一個師団は黒溝台がその一部、蘇麻堡を占領、約混成一個旅団が三犬子及び柳條口で、その一部が紅河沿いの姚坨子、老橋を占領していた。我は一個師団と一個旅団で黒溝台正面においては我が有利と判断し、師団長は「主力を以って黒溝台を攻撃」すると決心した。ただ、黒溝台正面の敵兵力の見積は甘く、実際には砲兵師団を含む二個師団がいた。

各部隊の任務は以下のとおり。

①右翼隊　後備歩兵第八旅団は左翼隊と連携し、「老橋及び其南方の地区より黒溝台に向い攻撃す」。

②左翼隊　歩兵第四旅団は「直ちに屈家窩棚を経て蘇麻堡に向い前進し蘇麻堡、頭泡の線より黒溝台に向い攻撃す」。（中略）

③予備隊　歩兵十六旅団は「古城子南方に位置し柳條口方向を捜索し且在沈旦堡の豊邊支隊

に連絡す」。

第四旅団（長、依田廣太郎少将）の五連隊は、右第一線となり蘇麻堡を、三十一連隊は左第一線となり頭泡を目標として、十一時四十分、金家窩棚より攻撃を開始した。

五連隊第一線（右に一大隊、左に二大隊）は、十二時三十分頃に蘇麻堡の敵騎約二十を撃退して同村を占領する。一大隊（井坂藝少佐）が十三時頃、黒溝台南方の敵を射撃したところ、突如黒溝台南方無名寺付近から猛烈な射撃が二大隊（塚本芳郎少佐）に浴びせられた。塚本大隊は死傷者が多数出ていたが、敵火を冒して丘阜（きゅうふ）に邁進した。井坂大隊も同村の西北面より一〇〇メートル前進して二大隊に連なった。敵の砲撃は激しさを増していたが前進を続け、十四時蘇麻堡西北方六、七〇〇メートルの砂丘（津塚ヶ丘）を占領した。そこから敵前までは約九〇〇メートルの位置であった。

　敵の砲撃は、ますます激しさを増し、加えて黒溝台西南や頭泡東北端からも銃火が集中して日本軍の損害は甚だしく増えていった。また、約三個中隊の敵は井坂大隊の右翼から包囲しようと肉薄し、四、五〇〇の敵歩兵が塚本大隊の左側背に迂回しようとしていた。両大隊は、敵が三、四〇〇メートルまで接近するのを待って一斉に射撃を開始し、全力を以って敵を阻止した。

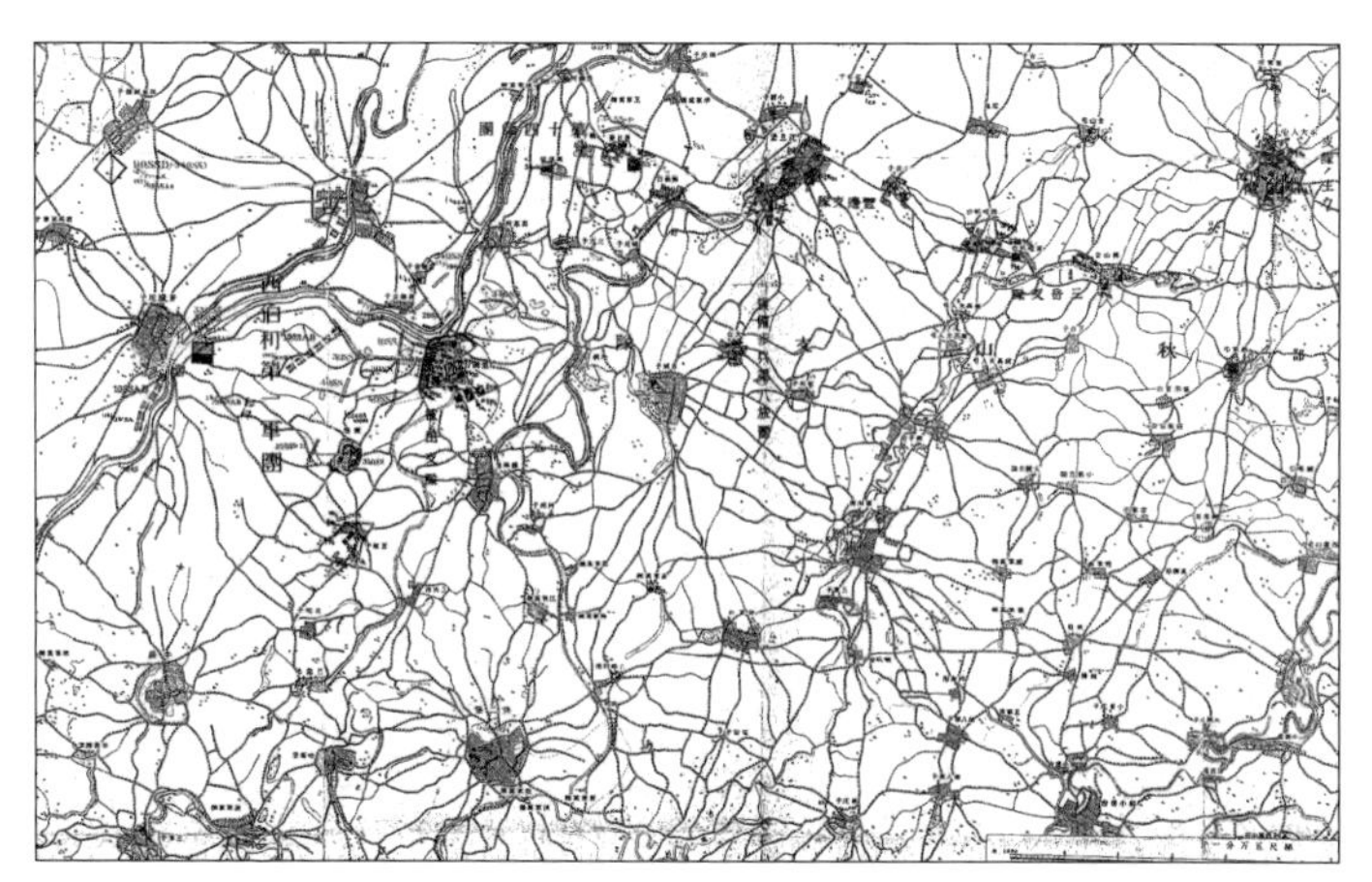

黒溝台付近の地図。参謀本部編纂『明治卅七八年日露戦史第七巻』より

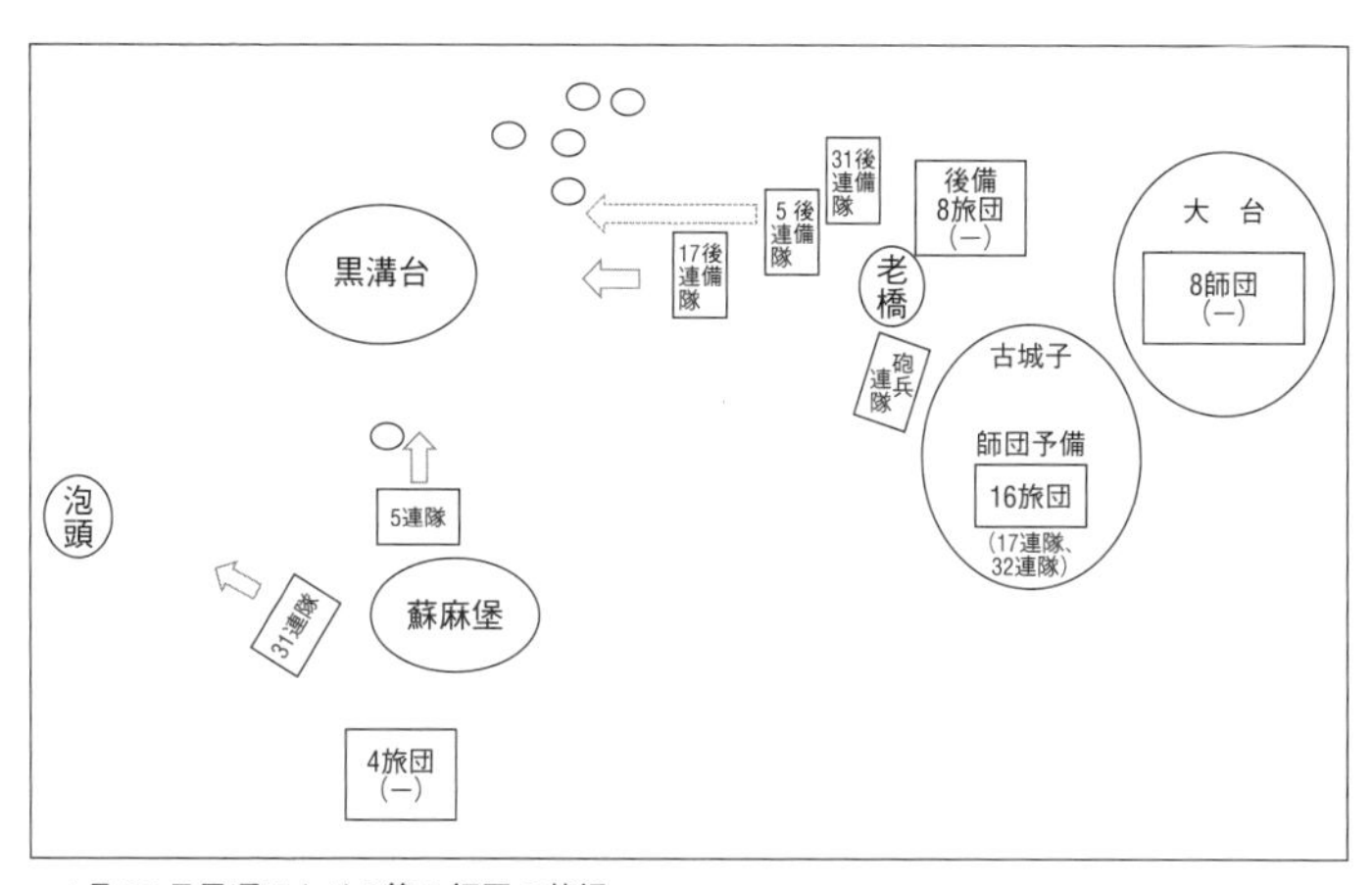

1月26日昼頃における第八師団の状況

この正面は砲火力の支援がほとんどないことから攻撃は進捗せず、現状を維持して日没となった。夜間は掩体を構築して敵の攻撃に備えた。

五連隊の死傷者は五〇〇名を超え、攻撃当初の約半分になっていた。負傷者のなかに七中隊長の原田大尉と長谷川少尉もいた。

『衛生史』によると、蘇麻堡に十四時過ぎから翌日までの収容数が井坂大隊一二〇、塚本大隊二〇〇となっていた。塚本大隊の被害が大きいのは側方から射撃されていたからである。ちなみに原田大尉と長谷川少尉も塚本大隊である。

三十一連隊第一線（右に一大隊、左に三大隊）は、十四時二十分頃、敵前九〇〇メートルに肉薄したが、左側面の敵砲火は激しく死傷者が続出していた。夕までの死傷者は総員の約半分となる一千数百名となっていた。

師団の左翼隊である歩兵第四旅団は、敵の圧倒的な兵員と砲火力に苦戦し、蘇麻堡から五家子の線より前に進むことができず、攻撃は頓挫していた。

右翼の後備歩兵第八旅団も状況は同じである。黒溝台に向かって攻撃したものの右側方の三犬子方向から射撃を受け、また韮菜河方向から優勢な敵が、我が右翼を包囲するように接近し、右翼隊は甚だしい損害を受ける。

〈後備歩兵第三十一連隊長中佐小原文平戦死し同第五連隊長中佐尾上貞固負傷し其他死傷将校二十三、下士以下四百九十六に達す〉

そして、弾薬が欠乏し、どうすることもできなくなっていた。この戦闘で、後備歩兵第五連隊の第一大隊に所属していた伊藤大尉（遭難当時中尉）も負傷している。

戦後、伊藤大尉の回顧にこうある。

「黒溝台及び奉天の会戦は時恰も極寒に際会し連日連夜銃砲弾雨の如く霰の如く死傷続出加うるに凍傷にかかるもの多く予の大隊の如きは黒溝台占領の際僅々合計三五人即ち約三十分一に減少するの憐れなる状況に至れり」（明治四十四年六月八日、東奥日報）

伊藤大尉は、所属していた大隊の約一〇〇〇名が死傷して三十五名に減ったのを目のあたりに見ている。だが、伊藤大尉はこう述べている。日露戦争の酸鼻は言葉で表現できないほどだが、雪中行軍遭難の悲惨さには遠く及ばない。悲惨な日露戦争は忘れることがあっても、雪中行軍遭難時の困苦は終生忘れることはできない、と――。

五連隊の死闘

黒溝台正面の敵は砲兵を含めると約三個師団であり、攻撃する八師団は一個旅団を増強されただけで戦力比ではロシア軍が圧倒的に優勢である。それにしても八師団の第一線である両旅団は、敵の側方からの攻撃よって多大な損害を出し、攻撃は頓挫した。作戦及び戦闘のまずさは否定できない。

結局、八師団は戦場に一歩足を踏み入れただけで、深手を負ったような状況に陥っていたのだった。

二十三時、古城子にいた立見師団長は、満州軍総参謀長児玉大将から第五師団を明朝までに狼洞溝（ろうどうこう）付近に集合させ、第八師団に増加させるという通報を受ける。

そのため師団は、明二十七日歩兵第十六旅団の主力を第一線に増加し、師団の全力を挙げて黒溝台付近の敵を攻撃し、その一部を第五師団の沈旦堡方面に進出するまでしばらく古城子付近に留めて不時の変に備え、また第五師団が狼洞溝に到着したらその主力を以って柳條口付近の敵を攻撃させ、またその一部を以って牛居付近の敵を撃滅させる、とした。

この作戦には無理がある。八師団と後備第八旅団がこの朝の状態ならまだしも、両部隊とも深手を負って半分ほどの戦力に落ちていたのだ。第一線に一個旅団増やしたところで、第一線は損耗した分が補充されたに過ぎない。だがロシア軍は逆に戦力が増えているのだ。攻撃が進展するはずもない。

一月二十七日。

当日の最高気温（℃）はマイナス八・〇、最低気温マイナス一七・〇で、「細雪霧の如く降り殆んど終日展望を妨ぐ北風稍強し」

八時、八師団は攻撃を開始する。

右翼隊の後備歩兵第八旅団は、敵の激烈な砲火と黒溝台付近から我に接近する敵兵により、攻撃は進捗せず、老橋西北紅河に展開した現状を維持するのがやっとだった。第一線の困苦が兵卒の伝令から伝わる。

〈「閣下、第一線部隊は既に弾薬の欠乏を来たし、今は死傷者の携帯弾薬を集め、辛うじて火線を維持して居るが、それも各人に僅かに平均四十発ほどで……速やかに弾薬の補充を御配慮ありたい」と。語気頗る悲痛であったが、しかもその身は既に銃傷を負い、鮮血淋漓であった。旅団長はこれを聞き、「よろしい、弾薬は今すぐに補充する。安神せよ」と述べた、伝令はこの一言で急に安神して、今までの厳然たる直立不動の姿勢から堂と倒れて、苦しい息で呻吟した〉（田村友三郎従軍手記『血の爆弾』）

雨あられと飛び来る砲弾のなかで、弾もない。第一線部隊は丸腰で戦争しているようなものだった。

左翼隊の歩兵第四旅団は、攻撃目標を頭泡にして、引き続き三十一連隊に当たらせ、五連隊には津塚ヶ丘で三十一連隊の前進を援護させた。

九時頃、約三個大隊の敵が黒溝台方向より津塚ヶ丘の塚本大隊に逆襲してきた。突進は塚本大隊の五〇〇メートルまで迫っていた。また、約三個中隊の敵は、塚本大隊の左側にいた三十一連隊二大隊にばく進して来た。両連隊は激烈なる射撃をもってその突撃を阻止した。

十三時三十分頃、約一個歩兵大隊の敵は、頭泡方向から塚本大隊の左側にいた三十一連隊二大隊を包囲するように迫っていた。

津川連隊長は予備の第二中隊（三神中尉と横山少尉が所属）を投入したが、その約半数は途中で死傷していた。またこの頃、陣頭指揮をしていた津川連隊長の右大腿部を弾が貫通していたが、なお平然と部隊を指揮した。最前線の塚本大隊長は二弾を蒙っていたが奮闘をしていた。

十五時頃には敵の逼迫ますます激しく死闘が繰り広げられたが、三十一連隊二大隊は大隊長以下おおよそ斃れ、残った石川大尉ほか三十余名は蘇麻堡に退却した。そのため、塚本大隊はただちに左側方の敵に対処し、その前進を阻止する。だが敵は続々とその勢力を増加させて肉薄は続き、前方の敵からの攻撃も激しさを増していた。塚本大隊長、高橋大尉（六中隊長）らの重傷者は戦死者の銃をとって防戦し、傷兵ことごとく起って奮闘した。しかしながら、圧倒的に勝る敵弾は将兵を次々と斃し、塚本大隊長にいたっては身に六弾を受けて壮絶なる最期を遂げていた。

二十七日の戦闘は連隊長や大隊長が死傷し、熾烈を極めていた。第三中隊長の倉石大尉は蘇麻堡西北端において敵の侵攻を阻止していた。敵の抵抗が激しく、それ以上前に進むことなどできるような状況ではなかった。

前日の戦闘で倉石中隊の半数ほどが死傷していた。蘇麻堡から前に進むと一帯は開豁しており、地形を利用して隠掩蔽などできるような場所ではない。そのため、砲弾の餌食となってしまうのだった。それは八師団の行動地域全般にいえることでもある。

ロシア軍は前日に比してその兵力が続々と増えていた。前方からあるいは左側方から八師団の第一線部隊を上回るような逆襲部隊が押し寄せた。それに対して奮戦していたが、ロシア軍の圧倒的な砲弾に対してはどうすることもできず、日本軍は劣勢だった。

指揮官は戦闘中においても、双眼鏡などで適時敵情を確認して部下に射撃目標などを示す。倉石大尉も黒溝台の敵情を視認していたのだろう。そのとき、倉石大尉は敵砲弾の直撃を受けて即死したのだった。

三年前のその日、倉石大尉は駒込川の大滝にいた。駒込川沿いに下れば屯営に帰れる、そう考えてのことだったが、川の両側は絶壁で進むことができない。そこに残っていたのは山口少佐以下十八名だった。引き返す体力もなく、川べりに露営していた。猛吹雪が続いていたが、峡谷のため風のあたりは弱い。川から水を汲み、命をつないでいた。営門出発から九日目に倉石大尉は捜索隊に発見された。

ついに津塚ヶ丘の保持は困難となり、十九時、津川連隊長は二大隊と二中隊を率いて蘇麻堡に後退した。

蘇麻堡西北端を占領していた井坂大隊は、一部を三十二連隊に譲り、大隊の一部を二大隊に急派したが、二大隊の退却に会い、その負傷者を収容した。津川連隊長は負傷による痛みが激しく、その指揮を一大隊長の井坂少佐に委ねて後退した。

三十二連隊五中隊の赤間分隊長の著書『血痕』に、この日の五連隊に関する記述がある。

〈我左翼前に前進して、二十七日終日難戦苦闘多大の損害を受けた歩兵第五連隊は、夜に入って後退した。夕刻より負傷兵はちらりほらり後退して来る腹這をして「ウウウ」うなりながら、匍匐(ほふく)せる跡は血汐に雪を染むる様な惨憺たる者もあった……一兵卒が涙を流して訴うる如く謝するが如く、

「自分は高橋大尉の従卒で、重傷を負われた大尉殿を扶(たす)けて途中迄戻ったが、敵の斥候に追跡

され、自分も此の負傷で力尽き、泣く泣く別れて来た、どうぞ中隊長の仇を討って下さい」と嘆願した……〉

八甲田山中で彷徨した演習部隊の基幹だった第二大隊は、その名誉挽回とばかりに奮戦していた。

あの当時は猛吹雪のなか、将兵のほとんどが力尽き斃れた。今はロシア軍の猛烈な砲火を浴び多くの将兵が死傷している。雪中行軍は部隊を強くするためであり、津塚ヶ丘の戦闘は敵を撃破するためである。結局、彼らは日本のために訓練し戦っていたのだった。

一月二十八日。

〈当日の最高気温（℃）はマイナス七・五、最低気温マイナス一八・〇で、「天晴れんとす、北風弱し〉（『陸軍衛生史』）

蘇麻堡は、昨日二十三時過ぎに十二個大隊の敵に襲撃された。蘇麻堡の西北端には三十二連隊、西南端には五連隊が占領していた。怒涛の如く突進する敵を奮然と阻止していたが、一部が村内に侵入して家屋に火を放った。村内は彼我混戦状態で、壮絶な白兵戦になっていた。

七時四十分には約一個歩兵連隊の敵がさらに攻撃してきたが、三十二連隊はこれを撃退した。

さらに十五時過ぎに立てこもる敵に突入する。

〈敵は全く不意を撃たれ、愕然と色を失して為す所を知らず、将校以下二百二十余名は武器を投じて降伏し、……最後迄頑強に抵抗せる一連隊（将校二十三、下士卒一五〇〇）の如きは死傷六百六十八、失踪五百三名に達した〉（『歩兵第三十二聯隊史』）

中央隊（十六旅団）は、三十二連隊（三大隊欠）の進出を待って黒溝台を攻撃することとした。蘇麻堡を占領していた中央隊の左となる三十二連隊（三大隊欠）と左翼隊の右となる五連隊（三大隊欠）は、次の攻撃目標を黒溝台西南とし、連携して前進することになった。

この日初めてこの攻撃正面に砲火力による支援射撃が実施された。それを実施したのは黒溝台攻撃で、佟二堡付近まで来ていた第二師団の砲兵である。

中央隊の攻撃は開始されたが、第十七連隊は敵の猛烈な射撃によりすぐに前進できなくなる。十九時三十分、夕暮れに乗じて突撃をした三十二連隊は無名寺付近の敵を突破して同地を奪取した。それに続いて五連隊（第三大隊欠）も突入する。

〈午後八時黒溝台西南方の独立廟を奪取した。此の時大尉以上、悉く死傷し、第一大隊は三神中尉第二大隊は似島少尉指揮を取るに至った〉（『歩兵第五聯隊史』）

この頃、すでにロシア軍内では退却命令が下されるとして、浮足立っていたのかもしれない。

福島大尉の日露戦争

右翼隊の後備第八旅団は、前日から弾薬が不足し、死傷者が増えるだけで攻撃は進捗していなかった。午後二時三十五分にこの状況を師団長に報告し、あわせて砲兵掩護に任じていた工兵第一中隊に弾薬を補充させた。

田村大尉の手記にはこうある。

〈この日、中隊の兵は第一線の歩兵に弾薬を補充をした。かれ等は要塞戦の経験もあって、巧みに土地を利用したから、一兵も損害を受けないで任務を果した〉

工兵第一中隊は旅順の第一線にいて、修羅場をくぐり抜けていた。損害がなく弾薬補給できたのも、その経験が役立っていたのだろう。

右翼隊に師団予備の歩兵三十二連隊第三大隊（第十一第十二中隊欠）が増加された。第十中隊長はあの福島大尉である。第五連隊が遭難した同じ時期に、教育隊を率いて田代越えを実施していた。

ちょうど三年前の一九〇二年一月二十八日、福島大尉は、酷寒猛吹雪のなか、見習士官と下士候補生を率い田代街道を青森に向かっていた。箒場から青森寄り約四キロの地点で教育隊は停止し、暖をとった。

福島大尉は嚮導に、〈是より新湯に行き湯主小山内文次郎を連れて来い〉（「八甲田山麓雪中行軍秘話」、以下同）と命じ、そしてこうも命じた。

〈携行品は全部置け、但し七名の中二名は此処におり五名で使いを果すように〉と。

嚮導は二時間ほど新湯を探し歩いたが、暗闇と猛吹雪で見つけることはできなかった。しかし、偶然、空の小屋を見つけ、そこで暖を取ることができた。五人は心身ともに疲れていて、しばらく黙っていたが一人が切り出す。

〈吾等は生きて帰る見込みがあるだろうか？〉

〈食料は大尉等一行に預けて置いて来たので一食もない……此の地の鬼と化すに近いであろう〉

〈吾等はこの侭（まま）では唯死を待つだけであるから彼等を残して増沢へ引き返してはどうだろう？〉

意見はまとまらず、ただ時間ばかりが過ぎていたが、ようやく結論が出る。

〈若し吾等五名が不幸にして途中遭難！と仮定すれば大尉等一行も同様無残な途を辿るであろう、そうなれば彼等の消息を何人（なんぴと）が世に伝えようか、伝える者がない。また吾等の事をも何人

が家族に伝え得るだろうか途中命尽きて倒れる者があるかも知れないがすぐに引返し一行を連れて来て此の小屋で一夜を明かそう〉

増沢の本家を残し、漆黒の外に出た。吹雪は烈しく、足跡は消えていた。

〈肩で雪を押し泳ぐようにして進んだ〉

教育隊がいる赤川に到着後、福島大尉に事情を説明したところ、ただちに向かうことになった。途中、迷いながら進んでいると、微かに振れる明かりを確認し、その方向にしばらく進んだ。

〈辿り着いた頃は東の空がほのぼのと白みはじめ午前五時頃と思われた〉

小屋は狭いので、交互に暖と食事をとらせた。下士候補生の泉舘久次郎は自著『八ッ甲嶽の思ひ出』で、当時のことをこう書いている。

〈もし吾等が此の掛小屋に於いて多少でも休憩しなかったならば直後に来る氷山を踏破するとき悲惨の最後を遂げねばならなかったかも知れないのであったからである〉

ここで嚮導は出発以来の食事となる。ワッパ飯は氷結し、小刀で切り取り火にあぶって食べたが、喉を通らず弁当の三分の一も食べられなかった。また、餅も氷結して石のように固くなっていて食べられなかった。

〈二時間ほど休憩した。大尉徐(おもむろ)に吾等にいうに、

〈最早新湯に行く必要はない。君等は此処から引返すよりはいっしょに青森へ出る方が便利ではないか〉

とのことばに一同喜びそれに同意して午前七時頃同小屋を後に出発した相変わらず先頭を命ぜられて進むほどに雪は小降りになったが酷寒は益々加わり積雪既に身の丈を超すあり様で胸で雪を押しながら立ち泳ぎの状態で前へ進んだ〉

〈やがて途中鳴沢から数町手前の小高い丘で軍銃の逆に立っているのをみた。大尉が渋い顔をしていった。

〈どんな馬鹿が銃を棄てたのか〉と憤慨のようす。吾等に命じてその銃を担がせて進むとまた一丁発見した。これも担がせて鳴沢の峡をよじ登り小屋より北方へおよそ十五、六町（今の銅像の地点）に達した時は午後の四時頃と思われる……此処より田茂木野村へと目指して下って も暴風は尚止まない……ふと黒色の物を発見し近寄って見ると凍死兵！これが五連隊雪中行軍遭難兵であった。（後刻判明）……しかし大尉の「手を触るるべからず」との命に空しく同情しつつ山を下ること約一―二町、又数個の凍死体を目撃し同情の念を投げつつ下り続けた〉

福島大尉は、行軍間、隊員に軍歌を唄わせ、隊員の士気を高揚させていた。

〈指揮官は列兵の疲労を顧慮して元気を着くる事を計り「雪の進軍氷を踏んで……」の軍歌を自ら音頭を取りつつ進まる〉(泉舘久次郎著『八ッ甲嶽の思ひ出』)

〈やがて午前零時と思われる頃前方より数知れぬ人影や提灯が横隊をなし前進して来るのを微かに認めた……眼をこらし全身の神経を集中してその方向を見ると電灯らしき光が点々と見えているではないか。青森であるとを直感し初めて夢から醒めた心地であった……位置を知り方向を定めほっと安心したのも束の間大尉は意外にも「汽車賃なり」といつの間に準備したのか金弐円ずつを七名に渡し口を一文字に結んでいった。

「過去二日間の事は絶対口外すべからず」と唯一言。無情にも吾等を置き去りにして隊員を引率し何処ともなく暗闇の中を出発して行った〉

福島大尉が口止めしたこれら出来事は、二十八年もの間、家族にさえ話されることはなかった。

福島大尉率いる教育部隊は、ほうほうの体で田茂木野に到着する。福島大尉は、その地に設置された捜索隊本部木村宣明少佐(五連一大隊長)の聴取に、軍銃を拾ったこと、兵士の遺体を見たことなどを話していた。その後、市内のかぎや旅館と中島旅館に分かれて宿泊し、翌日、当初の計画を変更してまっすぐ弘前に向かった。帰隊後は、連隊長以下の歓迎を受け、慰労会も催された。もしかするとそのときが、軍隊における福島大尉の絶頂期だったのかもしれない。

黒溝台の戦闘にもどる。

十五時二十分、後備歩兵第八旅団長岡見少将は、増援された三十二連隊三大隊（第十一第十二中隊欠）を第一線の後備歩兵第十七連隊に増加した。

増援された後備歩兵第十七連隊の行動地域には小さい丘が一つあるだけで、それ以外は平坦開豁地で隠掩蔽する地物はなかった。そのため同連隊はこの丘に蝟集（いしゅう）し、そこへ敵の銃砲火が集中されて多大な犠牲者を出していた。三十二連隊三大隊もまた同じように丘に集まったため多くの死傷者を出していた。

ロシア軍の砲撃に使用された弾種は榴散弾が多かった。上空で爆発した弾丸は破片などが広範囲に散らばって将兵を殺傷した。その砲弾が連射され、まさに雨あられのごとく弾が落ちるなか、第十中隊長福島大尉は部隊を進めた。だが敵も容赦しない。いくつもの機関銃の掃射を受け、将兵はなぎ倒された。また多量の小銃に狙い撃ちされていた。

砲弾の爆発音、機関銃や小銃の射撃音、硝煙に曇る戦場において、福島大尉は勇猛に中隊を陣頭指揮していた。だが、やはり弾雨は見逃さなかった。福島大尉は被弾して壮絶なる最期を遂げた。ちょうど三年前、福島大尉は八甲田山中において猛吹雪と戦っていたのだった。

後備歩兵第八旅団の攻撃は全く進捗せず、十九時、岡見少将は夜襲の命令を下達する。十九時三十分準備完了し、歩兵第十七連隊第一大隊、後備歩兵第十七連隊、歩兵第三十二連隊三大隊（第十一第十二中隊欠）を第一線として前進する。敵前三〇〇メートルに接近すると敵は俄然と射撃してきたが、その影響は少なく、部隊は着剣して突撃した。敵は爆薬を投じて抵抗したが、ひるむことなく敵陣地に侵入する。

〈黒溝台東北に拠れる敵を駆逐し十時五十分同地を略取し直ちに防御工事を施せり。土地凍結せしに因り多くは携帯天幕を以って土嚢に応用せり〉

攻めあぐねていた黒溝台は、一部ではあるがあっけなく陥落し、その一番乗りはこれら夜襲部隊となった。

ロシア軍突然の退却

一月二十九日。

当日の最高気温（℃）はマイナス九・五、最低気温マイナス二四・〇で、「晴天なるも淡靄霧の如し」（『陸軍衛生史』）

実は、前日夜遅く、ロシア軍は退却を始めていた。
〈露軍総司令官は二十八日午後七時四十五分第二軍に攻勢の任務を課せしも日本軍の渾河及び第三軍中間の地区より攻勢に転せんことを虞れ八時に至り決心を変更し遂に旧陣地に退却すべき訓令を下せり〉

未明、黒溝台のロシア軍は猛烈な射撃を開始した。日本軍は敵襲に備えていたが、これはロシア軍が退却するための欺騙行動だった。それから間もなく黒溝台方向は静かになる。日本の第一線部隊は異状を察知し前に進む。黒溝台一番乗りを目指し各部隊が競ってばく進していた。

昨日まで死闘が繰り広げられ、惨状にあった黒溝台付近は一変して終局を迎えた。
〈黒溝台と蘇麻堡との間は千六、七百米突位もあったろうが、その間は彼我両軍の最も苦戦した処で、人馬の死屍が続いている。軍服、靴、水筒等あらゆる携帯品が乱雑に散らかっていて、いかにも激戦の後を忍ばせた〉（田村友三郎著『血の爆弾』）

二月一日から戦場掃除が始まった。死体を整理し、敵の遺棄死体を片づけ、武器、弾薬、装具、器資材を回収し、薬きょうも集めた。戦死者は火葬に付され、敵の屍は土に埋められた。

二月二十日十時より、蘇麻堡西北端において山形三十二連隊の招魂祭が執行された。留守担当者に送付する遺骨を箱に収容し、その他は取りまとめて合葬する。連隊は整列して荘重なる祭式を挙げた。祭られた将兵のなかには福島泰蔵大尉もいた。

その日、黒溝台を夜襲した三十二連隊三大隊は他の夜襲部隊とともに立見師団長から感状を授与されていた。福島大尉の戦死を知った師団長は、感慨深くあの遭難事故当時を思い出していたに違いない。

森松俊夫著『図説陸軍史』によると、この戦いの交戦時における日本の兵力は五万三八〇〇人で戦死傷は九三一六人、ロシアの兵力は十万五一〇〇人で、戦死傷は一万一七五〇人となっている。

大隊で比較すると、死傷者が一番多いのは三十一連隊三大隊の五六九名、次いで五連隊二大隊の五四六名、十七連隊一大隊の五二一名となる。死者が一番多い大隊は、五連隊二大隊の一八〇名、次いで三十一連隊二大隊の一六七名となり、津塚ヶ丘での戦闘がいかに厳しかったかを裏づけている。

これらのことからわかるのは、攻撃部隊の先端と両端に死傷者が多く、特に先端は死者が多いというあたり前のような結果となる。この八師団の攻撃において、側方に対する処置が重要だったのは、八師団の右翼に五師団、左翼に二師団が戦闘加入して以降、形勢が変わったことからもわかる。要するに、当初における日本軍の投入兵力が全く足りなかったのである。そしてその原因は、日本の満州軍総司令部の情報見積（敵の兵力や可能行動等）が全くできていなかったから、あるいは軽視されていたからである。

ロシア軍が、戦況がそれほど悪くないのに退却したのはどうしてなのか。

この攻撃を具申し、戦闘指揮していた第二軍司令官のグリッペンベルク大将は、のちに陳述している。

一月二十八日十六時頃に総司令官から、大要次のような電報を受け取る。

「敵の大部隊我軍の中央部に対して集中しつつあるものの如し依って貴官は……我第三軍援護に赴き得る様準備し置かるべし」

そして二十一時頃に再び電報を受け取る。

「速やかに前線より各機関を退去せしめ凡て（すべ）の負傷者を後方に送れ……」

当時、この電報命令を見て軍参謀長及び参謀次長は、退却は不必要でむしろ進撃に転ずるのが最もいいとしていた。グリッペンベルク大将も退却の不利を認め、それに同意をしてただちに総司令官に宛て電報を発し、現在地での戦闘許可を求めた。だが、総司令部の参謀次長らに命令は変更されることはないとされた。

「故に、各軍隊は総司令官の命令に従い恨みを呑んで退却したり。実に三百八十四人の将校及び約一万の下士卒を無代価なる犠牲に供したるは各人をして平静なるを得せしめざりしなり」

翌二十九日、グリッペンベルク大将は、日本軍がロシア軍中央部に向かって集中していた形跡が全くなかったことを知る。

「満州第二軍が退却したるは全く無益なりしを思わずんばあらず斯くの如く総司令官の不運なる命令に依り日本軍の上に全勝を博すべき筈なりしを水泡に帰せしめたり我軍の不成功は総司令官の命令に基因するを疑うを得ず」

第二軍司令官のグリッペンベルク大将は、勝てた戦いを台無しにしたのは総司令官のクロパトキン大将だと強く批判している。

結局、黒溝台付近の会戦は、クロパトキン大将とグリッペンベルク大将の確執によって、途中で終わってしまったのだった。

歩兵第四連隊（第二師団）の小隊長多門二郎（最終階級は中将）はその著書『征露の凱歌』の中で、兵力が圧倒的だったロシア軍の攻撃が進展しなかったのは、（ロシア）第二軍がクロパトキン大将に押さえつけられていたからだとしている。

〈クロパトキン大将には断然たる攻撃の意図がなかったらしい、之は大将がグリッペンベルク大将の功名心を抑制し得ないため、其の希望を入れて一部の前進を許し、もし幸いに成功したならばそこで始めて全軍の攻撃を遂行せんとする考えで其の為に第二軍の作戦を抑制したのであるとの説がある、事実であると思う〉

また、ロシアがまともに攻撃していれば、日本が大敗していたとする。

〈黒溝台の会戦は露国第二軍のみが行ったので、他の軍は何もせぬ、唯若干の砲撃をした位である〉

（ロシア）第二軍がこの会戦に用いた兵力は、歩兵大隊一二〇半、砲四五二門である。そのうちの黒溝台正面には、西伯利（シベリア）第一軍団（大隊二十四、砲九十六門）がいた。

ちなみに日本の第八師団と後備歩兵第八旅団を合わせた歩兵の大隊数は十七個で、砲は三十六門となる。黒溝台正面だけでも歩兵で一・四倍、砲で二・六倍ロシア軍が上回っていたのである。

〈此の大兵団で日本軍の左翼を包囲し来った、而も日本軍では弘前師団が主として之に当ったのであるから一蹴し去られるのが当然であろう、然るにこの攻撃が中々進捗しなかったと云うのは妙なものである〉

そしてその原因に、ロシア軍両将軍の関係の悪さがあったとした。

〈グリッペンベルク大将のごときは宮中における勢力は偉大なるものである……クロパトキン

大将と一時同等の権力の位置に置かれんとした程である、然るに其の人が今回クロパトキン大将の部下となったのであるからクロパトキン大将としては大いに使い悪い所があったろうし又グリッペンベルク大将としては面白くなかったろうと思われる〉

二人の私的な関係の悪さが作戦に影響し、戦死傷一万一七五〇人も出していながら、戦いを途中で止めてしまうという最悪の結果になる。個人的な感情のため将兵が犠牲になってしまうのだから、たまったものではない。

考えてみると、八甲田の遭難事故において山口少佐は、平民で士官学校も出ていない神成大尉をあまり信用していなかったようだし、神成大尉は演習中隊長の指揮権を乗っ取った山口少佐に面白くなかった。そうしたことで演習部隊が悪い方悪い方へと進み、九割あまりが命を落とす悲劇を生んだ。

指揮官の資質や統率力が戦争の勝敗を左右し、将兵の命を左右してしまうのは明らかなのだが、そういったものは重視されることなく、同じような過ちが繰り返されているのだった。

第七章

冬の戦争と雪中行軍

徹底されていなかった衛生教育

明治三十九（一九〇六）年七月二十三日、馬立場の銅像除幕式において前五連隊長の津川少将が朗読した奉告文にこうある。

「諸士の遺訓は日露戦役に果して多大の効験を現したり……負傷自衛の力を失いたるものの外殆んど凍傷に罹りたるものなく遺憾なく活躍を継続せり」（七月二十四日、東奥日報）

また、生存者の伊藤大尉も式辞のなかで、

「諸士の此の壮烈なる行の実験より得たる効果は雪中の行動及び防寒用具の改善に有利の資料を与えたり」

と言っている。一九九名もの死者を出した遭難事故の関係者からすると、この事故によって被服や装備が改善され、日露戦争に役立った、勝利することができたと思わずにはいられなかったに違いない。

しかしながら、わずか四日あまりの黒溝台付近の会戦において、純粋な（負傷等による凍傷を除く）凍傷患者は一二〇九名を数えた。第八師団及び後備歩兵第八旅団のみで見ると、その数は五一五名となっている。ただ、軽度の凍傷に罹患していながら、気がつかない者や申告しない者もいたようだ。

　鴎外全集に次のとおり記述されている。

〈第八師団傷者の足を検するに、自ら足健全なりと云うものにして趾及び足の腫脹鬱血あるもの頗る多し。其比例は健康者の五〇パーセントの軽度の凍傷に罹れるを推知せしむと〉

もしそうだとするならば、師団の半分は凍傷になっていたということになる。一体被服や装備品は、凍傷を予防するためにどのような改善がなされていたのだろう。

　まず遭難事故当時の服装を挙げると、ほとんどの下士卒は、下着として木綿の襦袢（シャツ）・袴下（ズボン下）各一～二枚、それに絨衣袴（上衣・ズボン）を着た。ただし、上等兵以下は綿の略衣袴とされた。その上に外とうと防寒外とう（ねずみ色毛布外とう）を着ている。三十名ほどは、上衣の上にちゃんちゃんこのような胴着を着ていた。帽子は二種帽、手袋は軍手、麻の脚絆、靴下または足袋にわら靴を履いていた。

　それから三年後となる黒溝台付近の会戦における兵の服装は、『明治三十七八年戦役陸軍衛生史』によると、下着として綿のフランネル（布の表面を起毛させたもの）の襦袢（シャツ）・袴下（ズボン下）各一枚の上に、伸縮する生地である毛の莫大小（メリヤス）のシャツ・ズボン下各一枚を重ねて着ていた。制服は黒色絨衣袴の上に茶褐色夏衣袴を重ねている。

それに、毛糸の覆い面、毛皮の胴着、防寒外とう、帽子を装着していた。靴下は主として毛のメリヤスに綿の靴下を重ねて二枚または三枚とする者が多く、少ない者は一枚で多い者は四枚となる。靴は徒歩兵が主に短靴（編上げ靴）、まれにウーロー靴（現地人常用の革靴）、わら靴を履いている。手袋は主として毛のメリヤスに、通常、綿のメリヤスの手袋を重ねている

以上のことから、五連隊の遭難当時に比べ、被服にフランネル、メリヤス、毛糸、毛皮が使用されていて、防寒上の改善が行なわれていたのがわかる。遭難時と日露戦争時それぞれで防寒外とうを着用した写真があり、比較すると、日露戦争当時の方が全体的にふっくらとしており、襟の毛皮も首枕のように大きくなっていて改善されているのがわかる。

手袋や靴下の改善は、弘前三十一連隊の調査研究を参考にしたのかと思われるほどである。その調査研究は、五連隊が遭難したときと同じ時期に実施されたものだった。その行軍では参加者の三分の一が凍傷になっていて、その原因と対策が示されている。

〈凍傷の原因は……手袋及び襪（くつした）の不良なるものに来りたるは明らかにして……故に適当の防寒用毛襪及び毛手袋等を給養することを得たらんには、大いに凍傷患者を減少することを得たるなるべし〉（高木勉著『われ、八甲田より生還す』）

三十一連隊の調査研究は、十和田湖周辺や田代街道を踏破した実体験に基づくものであるか

ら説得力がある。

五連隊の関係者は事故によって被服や装備が改善されたとしているが、五連隊の遭難事故に関する文書、陸軍の事故調査報告書に、被服装具の調査研究報告やそれらの改善に関する意見等は見当たらない。五連隊には、福島大尉のように雪中の戦術行動を研究する将校がいなかったからなのだろう。

ただ考えようによっては、三十一連隊の調査研究によって得られた教訓は、五連隊にも共通するものだったといえる。

黒溝台の会戦において、被服の防寒や保温は向上しているのに凍傷患者が多数発生した原因はどこにあったのだろう。

第八師団及び後備歩兵第八旅団の在隊凍傷患者三九八人の調査では、足の受傷が九二・九六パーセントと凍傷患者のほとんどとなっている。凍傷の程度は第一度が二一・三六パーセント、第二度が七一・三六パーセント、第三度が七・二九パーセントである。

五連隊の雪中行軍遭難事故でも、足の凍傷は生存者全員にあった。三十一連隊の田代越えの凍傷も手が四名で、足が十名となっている。これらのことから、凍傷は手よりも足の方が罹患しやすいものといえる。

凍傷患者の問診では、靴下が湿っていたとする回答が多く、靴が湿っていたとする回答は比較的少なかった。第八師団及び後備歩兵第八旅団では「靴下二枚を重ねしもの最も多し」とあり、そのうち、毛のメリヤスを二枚履いていた者が多かった。革靴に保温のいい毛のメリヤス靴下などを長時間履いていると蒸れるのは必至で、その結果靴下が濡れてしまうのだろう。

八師団の軍医部の報告にこうある。

「凍傷罹患者の多数は罹患当時仮眠せし者の如し」

寒いなか、靴下が湿っていたり、濡れていたりした状態で仮眠すると、足が凍傷となるのは当然のように思える。

赤間安吉著『血痕』にそれを裏づけるようなことが書かれている。

〈足の手入れをすべく靴を脱ごうとすれば、汗か油か（雪の上の行動ではあるが全く凍結して居る為外部からは決して湿気を受けぬ）の為に自然湿潤して靴下は肉に、靴は靴下に、凍り着いて居る。之れを見て、初めて凍傷部の疼痛（とうつう）を感じて来た。皮膚を剥ぎ、肉を削りとらるる様に痛たむ。三十分許り（ばかり）苦んで、辛うじて脱靴をして見れば、爪は紫色を呈し、蹠（あしのうら）の肉は爛（ただ）れて居る。凍傷膏を塗って、乾燥（かわい）た靴下を穿き換えると、少しは疼痛を緩和した。是等は凍傷としては極めて軽微なものであった〉

これは経験豊富な下士官であったから、この程度で済んでいたのかもしれない。

八甲田遭難事故の生き証人、小原元伍長の証言から、事故当時、凍傷予防の教育が不十分だったのがわかる。

「私の中隊長なんか、夜になると靴を脱いで一生懸命足を揉んでいましたね。そんなの何もわからんですよ、何のために揉んでいるのか」

また、炭小屋に避難した長谷川特務曹長は、脚絆、足袋等を脱いで、防寒外とうに付いていた毛の襟巻を足に巻き、さらに炭俵で包んで寝ている。目が覚めると手を摩擦し、足の運動に努めていた。だが、他の兵卒はそのますぐに寝ていた。おそらくその違いによって、兵卒は重度の凍傷となってしまったようだ。

日露戦争において被服の防寒や保温は改善されていたが、各人が濡れた靴下を交換したり足を揉んだりするなどの処置ができていなかったものと考えられる。

つまり、凍傷予防に関する衛生教育の徹底がなされていなかったのだろう。そのことは凍傷膏の使用状況でわかる。

日露戦争では「凍傷膏」が配給されているが、凍傷患者でそれを使用した者はいなかったとする報告がある。

「古城子第八師団野戦病院凍傷者中三十名を問査せしに、一として凍傷膏を使用せしものあらざりき」

鴎外全集では、〈凍傷膏は予防法として使用するを要す〉とされている。

三年前の福島大尉の注意にもそれはあった。

〈予め凍傷の恐れあるものは凍傷膏を医官に請求して之を塗る可し〉

凍傷膏が予防や受傷後においても使用されていないのは、やはり凍傷に関する衛生教育が徹底されていなかったからなのだろう。

戦闘中は足などかまっていられないが、そのときは運動しているので凍傷になることも少ないものと考えられる。夜間のように戦闘が小康状態となって運動も少なくなると凍傷になりやすくなる。そのときに靴下を代えたり、足や指の運動をしたりすることが重要なのであった。

鴎外全集の「将来に関する意見」には、

〈携行すべき被服中には、手套、靴下、靴の予備あるを要す。手套、靴下は湿潤時交換すべきものにして、靴は停止後穿用すべきものなり〉

とされている。

同じようなことはやはり三年前にもいわれていた。五連隊の軍医は行軍前に、〈湿潤は凍傷

を起し易きを以って手袋靴足袋等は防湿に注意し湿るものは可成早く乾燥すべきこと〉

三十一連隊の行軍準備においては、福島大尉が次のとおり衛生上の注意をしている。

〈靴下は成るべく新品を用い、常に乾燥せるを可とす、毛製の靴下なれば特に宜し〉（高木勉著『われ、八甲田より生還す』）

これらのことから、靴下の湿潤対策がいかに重要かが理解できる。

『血痕』の著者のように八師団所属の古参は、換えの靴下や手袋を携行することは以前からわかっていたことだったが、それが部隊の大多数となる兵卒に伝わっていない、教育されていない、徹底されていないのだ。そのため多数の凍傷患者が発生していたものと考えられる。

冬の戦場においては、「腹が減っては戦ができぬ」のとおり、給食は特に重要である。五連隊の遭難事故では、昼用に携行したご飯、間食の餅、非常食の糒は凍っていて食べられなかった。それと同じようなことが黒溝台でも起こっている。鴎外全集に、

〈第八師団兵は飯盒に飯を盛り背嚢中に蔵したりしものと、重焼麵包（じゅうしょうめんぽう）を以って飯に代えしものとあり。問査せし五十三名中飯十二名麵包四十一名なりき。飯は皆凍結せり〉（重焼麵包とは乾パンのこと）

とあり、二三パーセントの者がご飯を携行し、そのすべてが凍っていた。また、夜間に露天で飯盒飯を食べていると、食べ物がすぐに凍ってしまい半分も食べられない、ということも書かれている。

後に述べられている将来に関する意見には、

〈飯は塩若しくは醤油を加えて炊き、又炊後に之を加え、握りて焼くを要す。飯盒は徐寒外套若しくは毛皮胴着の裏面に携帯するを要す〉

とされていた。

三年前の三十一連隊の調査研究にも同じようなことが書かれている。糧食については、〈凡て食事は米食を以って尤も可良とす、然れども寒国に於いては之を弁当にし、背嚢又は雑嚢に入るる可らず、此の如くするときは零下六、七度の時に於いては氷(ママ)りて、殆ど氷塊を齒(か)むが如く少しも美味を覚えず、故に之を握飯にし懐中に温め置くべし〉(高木勉著『われ、八甲田より生還す』)

とされていた。

五連隊の小隊長、横山少尉は新米なので、五連隊の遭難事故をよく知らなかったものと思われる。その横山少尉が黒溝台の会戦前の年末年始に自らの小隊に対して、寒時における食事携帯法の研究を何度もさせていた。

五連隊は事故から二年あまり、一体何をやっていたのか。

あの遭難事故のとき、携行したご飯や餅は凍っていて食べられなかった。その教訓からその対策が研究されていて当然だった。しかしながら五連隊はそんな研究はやっていなかった。だから、横山少尉は独自で食事携帯法の研究をやっていたのだ。

結局、津川連隊長は事故によって明らかになった数々の問題を改善することなく、そのままにしていたようだ。

雪中行軍が残した教え

あの当時、日本が自らの意志でよその国と戦争するとしたら、比較的都合がいいのは農作物の収穫後となるだろう。戦争には金がかかるので、たっぷりの食料や資金があった方が有利となる。

また、戦争には兵が必要である。農作物の収穫が終われば農作業も閑散期となり、男手が減っても農家の不満は少ないだろう。そうしたことが考慮されて、日本の陸海軍の入営（団）日は十二月一日になったものと思われる。

振り返ってみると、日露戦争は明治三十七（一九〇四）年二月四日の御前会議で開戦が決定し、六日にはロシアに国交断絶が通告された。そして、八日に日本は先制攻撃をし、十日には日露両国が宣戦布告し、戦争が始まった。

先の大戦は、昭和十六（一九四一）年十二月一日の御前会議で開戦が決定され、八日に真珠湾の奇襲攻撃が行なわれている。やはり冬に始まっている。

話は逸れるが、対米最後通牒が遅れ、日本が「だまし討ち」の汚名を着せられたのは、駐米日本大使館の怠慢にあった。職員の送別会を催すために、暗号電の解読作業を中断してしまったのだ。その極めて重大な過ちを犯していながら、ぬけぬけと外務事務次官になった者もいる。田代に向かった第五連隊二大隊の帰隊が一日過ぎていたにもかかわらず、転出将校の送別会をやっていた第五連隊将校団と重なる。

どうやら、国家の重要な仕事よりも、あるいは人命よりも送別会が大事だと思う人間がいるようだ。送別会に限らず似たようなことはいっぱいある。

話を冬の戦争に戻そう。

日露戦争が始まる二年前の新聞に、冬の戦争を予感させる記事がある。

「思うに他日国家一朝事あるの日、我雪国軍隊が雪中行軍に得たる幾多の経験を応用するの時

あるべし」（一月二十六日、東奥日報）

小原元伍長も、冬の戦争を想定して訓練していたと証言していた。また、福島大尉率いる田代越えの訓練に参加した泉舘伍長（当時）も『八ッ甲嶽の思ひ出』に、小原元伍長の証言と同じようなことを書いている。

雪中行軍と耐寒工作の演練とは、〈当時近く予想せらる、戦場に於いては、東北軍隊が主として担任すべき事を覚悟して居ったからである〉。

当時、将兵は上官から何度となくロシアと冬の満州で戦うと訓話されていたに違いない。そして、一般の国民までもロシアとの一戦は冬と認識していたように思われる。

陸軍上層部にとって気になるのはやはり冬の戦いである。ヨーロッパ最強といわれたナポレオン軍はロシア遠征において、ロシア軍を撃破してモスクワを占領したものの、ロシア軍の頑強な抵抗とロシアの厳しい寒さのため、退却を余儀なくされた。

そのようなことから危機意識が高まり、積雪時における研究が盛んに行なわれたのだろう。

五連隊の雪中行軍遭難事故は、そうしたときに起こったのである。未曾有の遭難事故は、新聞やさまざまな出版物で全国に伝えられ衝撃を与えていた。ただ、天災として片づけられたこの事故の教訓が、明らかにされていたかはいささか疑わしいものの、それら教訓が日露戦争で生かされていたのかを確認せずにはいられない。

雪中行軍において、二大隊は目標がどこにあるのかを知らずに八甲田山中に入っている。しかも地図（路上測図）はないし、作成もされていない。その結果、田代新湯を探し出せないまま遭難し、多くの者が斃れた。

このことから得られた教訓は、訓練を計画する場合は現地を確認してから作成するべきであるということになる。

旅順要塞の攻略では、陣地がコンクリートで造られているのを知らず、知ろうともせず、兵力もわからぬまま攻撃を始めている。また、黒溝台の会戦も、敵の兵力がよくわからないまま攻撃させていた。その結果、たちまち圧倒的な砲火力によって多数の死傷者を出して攻撃は頓挫している。

攻撃する場合は、敵の勢力、陣地、障害等を把握するは当然のことであり、それが不明な場合は攻撃が困難となる。

雪中行軍では前進目標を知らず、日露戦争では敵を知らず行動した結果、未曾有の死傷者を出すことになって計画（作戦）は失敗した。特に、黒溝台を攻撃した第八師団は第五歩兵連隊の上級部隊であり、その五連隊が田代新湯を知らずに山中に入ったその実情はよくわかっていたはずである。

雪中行軍を計画し、演習中隊長としてその計画を実行していた神成大尉だったが、途中から上司の山口少佐が演習中隊を指揮するようになった。そのため、演習部隊の団結・規律・士気が乱れ、訓練は滅茶苦茶になってしまった。

戦いの原則に「統一」がある。指揮官は一人で、その指揮の全責任は指揮官にあるとされた。山口少佐が演習中隊を指揮するものだから、将兵は誰の命令を聞けばいいのかわからなくなり混乱してしまう。また、山口少佐は行軍計画の細部を知らず判断できないのか、行動を決める前に毎回のように各中隊長（大尉）らと話し合いをしていた。そうなると行動開始が遅くなり、責任も曖昧になる。そうしたことが遭難の要因にもなっていた。

日露戦争においても、陸軍の指揮権をめぐる争いがあった。雪中行軍の大隊規模からは比較にならないほど大きな話となるのだが……。

満州の戦場にあった満州軍総司令部は、満州にある全軍を指揮できなかった。大本営（参謀本部）は一部の軍や国内に残っていた師団を直轄しており、軍の編成や作戦にまで口を出していた。責任のない大本営は、満州軍総司令部の指揮や作戦遂行を混乱させていた。

話は少し変わって、ロシア軍のことになる。

黒溝台の会戦において、グリッペンベルク大将が指揮する第二軍は勝利をつかみかけていたが、総司令官のクロパトキン大将は、第二軍にほとんど支援をせず、劣勢となったのを見て作戦の中止を命じた。

実は、グリッペンベルク大将は反撃を期待したロシア皇帝が派遣していた。本来であればクロパトキン大将と同等の司令官になるはずだったが、結局、クロパトキン大将隷下の第二軍司令官になってしまった。

グリッペンベルク大将はすぐに攻勢作戦を強硬に主張し、クロパトキン大将はしぶしぶそれを承認した。このことから、クロパトキン大将は自分の地位を脅かすグリッペンベルク大将が手柄を立てないように画策したのだろう。

これらの事象は、指揮官が二名いたような状況が作り上げたものである。指揮官が複数いると混乱が起こり、責任が曖昧になり、ひいては目標が達成できなくなるのだった。

五連隊の遭難事故で最後の生き証人となった小原元伍長は、事故の意義を次のように話していた。

「あれが為になったんでしょう。日露戦争で勝ったんですよ。防寒具から何から全部変わったんですから」

遭難事故の教訓が生かされて、勝利につながったんだと信じていた。

師団は五連隊に「雪中露営」の命題を与えていた。そのため神成大尉は、露営に必要な食料、燃料、炊爨用具、円匙等を準備し、人力でもって運搬させた。それが、遭難事故を引き起こす要因にもなった。

それまでの雪中行軍は、宿泊や食事を民家に頼っていた。つまり自己完結の露営ができていなかった。その問題点を師団のみならず軍の上層部は承知していたから、各部隊に研究をさせていたのだろう。

遭難事故から二年余りして、満州に渡った五連隊は、着の身着のままで二週間ほど過ごしていた。そして宿泊は民家に頼っていた。その後、防寒外とうや毛布一枚が支給された。それまで将兵は、普通の外とう一枚を被って寒さに震えながら寝ていたのだった。

もはやこれは五連隊の問題ではなく、師団や軍の兵站に関する問題である。民家に頼った宿営はともかく、前線部隊のための補給（被服、毛布、食料、燃料、露営資器材等）が全く遅れていたのだ。

五連隊の雪中露営は失敗に終わったが、その調査・研究は続けられていたはずだった。だが、二年あまり経過した満州での露営は、旧態依然たる状態で、何も進歩していない。何も改善されていなかったのである。

酷寒の八甲田山では服装、装具の欠点が明らかになり、日露戦争では確かに改善されてはいた。

だが、たった四日間の黒溝台の会戦においてさえ、多くの凍傷患者が発生していた。その原因のほとんどが、靴下の湿潤処置、凍傷膏の使用、足指の運動等の衛生教育が不十分なことにあった。遭難した部隊も衛生教育がほとんどなされていなかった。やはり誤りは繰り返されていた。

また、携行食は乾パンに改善されていたが、ご飯を携行する者もいた。だが、携行していたご飯はすべて凍っていた。

八甲田の雪中行軍では、ご飯や餅は凍って食べられなかった。事故後、福島大尉は偕行社記事に、寒冷時におけるご飯の携行法などを投稿するなどしてその普及に努めていた。だが、その改善方法は部隊には取り入れられていないし、教育もされていないようだった。

結局、あの遭難事故の教訓は、この戦争において防寒衣類以外何も生かされていなかったということなのだ。

多くの犠牲者を出した雪中行軍の遭難事故とは、一体何だったのか――。

突き詰めていくと、国の平和と国民の生命を守るためだったということにたどり着く。一身をささげて国のために尽くしたのだと。

読売新聞取材班の『検証日露戦争』で、〈葬られた「旅順」の教訓〉の見出しを目にしたとき、若干の衝撃を受けたが、やはりそうなのかという思いの方が強かった。

〈二〇三高地目がけて山肌を駆け上がっていく日本兵は、ロシア軍の放つ砲弾に吹き飛ばされ、機銃になぎ倒された〉と、旅順要塞での戦いを象徴するような記述から始まり、戦後の誤りを指摘する。

〈陸軍は戦後、銃砲火力を軽視し、歩兵を中心とする白兵（軍刀と銃剣による突撃）主義を採用する。そしてこの教義は、太平洋戦争が終わるまで変わることはなかった〉

そして、〈日本陸軍はなぜ、自らを破滅へと導く教訓を生み出してしまったのだろうか〉と問いかけ、そのヒントとなるものに陸軍参謀本部が定めた『日露戦史編纂綱領』があるとした。この内容に関して、〈陸軍にとって不利となる事実や失敗した内容を記述することを厳しく禁じていた〉とあり、また、〈部隊や個人（指揮官）のミスや汚点に関しては真実を記述しないばかりか、脚色しろと指示していた〉と。さらには、〈旅順の戦いに至っては、「記述スベカラズ」という制約を課していた〉とも。それから〈戦史で事実を覆い隠し、秘匿しようとした「旅順の戦い」とは、一体どのようなものだったのか〉と続いている。

参謀本部編纂の『明治卅七八年日露戦史第七巻』では、黒溝台の会戦において、頭泡で種田支隊を支援していた歩兵第五連隊第三大隊が先に退却し、その後、命令に基づいて種田支隊が黒溝台を撤退したことになっていた。

しかしながら、種田支隊にいた将校は立見師団長の前で、「（敵が）村内に侵入し、到底維持が困難となったので、已むを得ず日没を待って黒溝台を棄てて退却した」と報告していた。頭泡の第三大隊は、種田支隊が離脱した後に退却していたのだった。

これ以外にも、参謀本部の情況と現場にいた将兵の書き残したものとの食い違いに何度となくぶつかっている。

結局そういうことなのだ。戦史や事故報告に本当の教訓などほとんどないのかもしれない。偽りからまともな教訓など得られるはずもない。一体どうしてそのようなことになってしまうのか。

やはり、無責任がそうしてしまうのだろう。高官の失敗や誤りを隠蔽し、真の教訓は葬られてしまうのだ。そのため、同じような過ちが繰り返されてしまうのだった。

八甲田雪中行軍遭難事故を深掘りすることで、さまざまな教訓が得られた。その教訓は無念のまま斃れていった将兵から得られていることを忘れてはならない。そうした思いが遭難事故の教訓を生かし、犠牲者を鎮魂することになるのだろう。

あとがき

自衛隊に入隊して初めての八甲田演習は、辛く厳しいものがあった。何が何だかわからず、先輩や班長に言われるまま動くだけだった。小峠あたりから人家はなく、地形も地名もわからない。明治に田代を目指した演習部隊の二等卒と同じような状態だったと思われる。

行進が始まるとスキーはスリップし、疲れ、汗が噴き出す。休憩が待ち遠しく、前が詰まって停止したりするとうれしかった。雪壕を掘ると手袋がすぐに濡れ、替えの手袋が足りなくなる。よく見ると、ゴム手袋をはめている先輩がいた。やはり、経験のない新隊員の八甲田演習に対する物心両面の準備は、十分だったとはいえない状態だった。

真夜中、歩哨についた。頭の血管がプツっと切れそうなほど冷えていて、すぐに目が冴えた。一時間そのまま立っているのは厳しいことから、固形燃料で暖を取ることは許されていた。ただし、明かりを漏らさないようにしなければならない。ＯＤ色（ダークグリーン）のポンチョを立哨の掩体（えんたい）（穴）を塞ぐように被り、足元の固形燃料に火をつけた。暖かさが掩体内に広がる。やれやれと思い、あたりを見回すと、雪と木々以外何もない。非日常の静寂が不気味さを増し、ブナの幹が人に見えたりする。普段は気にすることもない夜空の星は異常にきれいだった。

青森市中心部の明かりで空がうっすらと明るくなっているのを見て、何のために自分はこんなことをしているんだと思っていた。若かったその頃は、何もわかっていなかった。ずいぶんと経ってから気づいた。自分を強くするため、部隊を強くするため、国を守るためだと。

歩兵第五連隊も、個人及び部隊を強くするため雪中行軍をしていたのだ。

二度目か三度目の八甲田演習で、八甲田の怖さを知った。猛吹雪で二メートル前の隊員が消え、自分一人が鉛色の世界に閉じ込められたようになったのだった。前に進むしかないのだが、よくわからない。そのとき、スキーのテールが一〇センチほど見えた。一瞬でそれが消えると、もう片方のテールが見えた。そのテールを踏むようにして、しばらく進んだ。前の隊員がうっすらと確認できるようになってようやく安心したのを、昨日のように覚えている。よくよく考えてみると、これまでその体験をずっと引きずっていたように思う。

昭和六十年の八甲田演習は猛吹雪となり、さらに一部の部隊と連絡がつかなくなって、演習は途中で中止になった。その一時不明となった部隊にいた隊員が、自らの退官パーティでこんなことを話した。

「自衛隊生活で一番怖かったのは、八甲田演習で遭難しかけたことです。あのとき自分はもう死ぬと思った……」

おそらく彼は、退官後もそのことをずっと引きずっていたものと思われる。

明治の雪中行軍で遭難し生還した将兵も、その事故をずっと引きずっていた。

伊藤格明大尉（事故当時は中尉）は、自らも負傷し、所属した大隊のほとんどが死傷した黒溝台の戦闘を忘れることがあっても、雪中行軍遭難の困苦は終生忘れることはできないと語っていた。

長谷川貞三大尉（事故当時は特務曹長）も、いつもあの行軍のために遭難して地下に眠る戦友のことは忘れたことがありませんと話していた。

手や足を失った者はもっと苦しんでいたに違いない。だから事故は起こしてはならないし、同じような事故を繰り返してはならない。そのために事故の原因を明らかにし、それを教訓として生かしていかなければならない。

拙著『八甲田山　消された真実』で、遭難事故の原因は訓練不足とした。

生存者で最上級者の倉石一大尉は、黒溝台の戦闘で戦死する二カ月あまり前に、遭難の原因を訓練不足と将校が適切な処置をとらなかったことと語っていた。

訓練不足はどうしようもないが、彷徨を始めた二十四日に伊藤中尉が意見具申したとおり、彷徨をやめて天気が回復するまで露営していたら、多くの将兵が生還したものと考えられ、残念でならない。

日露戦争、特に二〇三高地と黒溝台の戦闘を調べて感じたことは、砲火力と歩兵（工兵含む）の戦いであったということである。砲火力が足りない分を生身の兵力で補っていた。部隊に示された攻撃目標は必成目標となり、敵がどんなに強力であろうが関係なく、死んでも取らなければならない。損耗して攻撃ができなくなると予備部隊が配属され、また損耗するとさらに予備部隊が配属され、というようなことが繰り返された。だが、攻撃要領は変わることなく、同じような攻撃や突撃を繰り返すばかりだった。要するに誤りは繰り返され、反省や改善もない。それは、上級指揮官が適時、適切な処置をしていないからである。

いくつもの教訓、例えば、目標や敵情の確認、指揮の統一、衛生教育の徹底等は基本的なことである。その基本ができなかったから多大な犠牲を出している。

昭和二十（一九四五）年八月、ソ連は日ソ中立条約を無視して日本に宣戦布告し、満州に進攻した。それまで日本軍の首脳部は、ソ連を仲介に戦争を終わらせようという希望を抱いていた。ソ連が国境に兵力を集中し、進攻する兆候があったにもかかわらずである。
全く教訓が生かされていない。
教訓とは生かされず、ただ作られるだけなのだろうか。
そうではないと考える。日本は先の大戦の教訓から戦争はしないとした。それは多くの犠牲から学び取った。同じ過ちは繰り返さないということである。

原稿が本になるまで山と溪谷社の神長幹雄さんには大変お世話になりました。また、参考にした文献の著者や出版社にもお礼申し上げます。

日本が今平和なのは国民の努力にほかならない。そして、日々その維持に汗を流し、寒さに耐えている人々がいる。感謝に絶えない。

平成三十一年二月吉日

伊藤　薫

参考文献

●関連書籍

國民必携陸軍一斑　久留島武彦　明治35年9月25日

陸軍圖解　杉本文太郎　明治37年10月1日

軍隊生活　兵事雑誌社編　明治31年

兵卒教授書　近藤喜保　明治32年10月23日

日本軍隊用語　寺田近雄　平成4年7月8日

図説陸軍史　森松俊夫　平成5年12月1日

日本陸軍史百題　武岡淳彦　平成7年7月25日

日本陸軍がよくわかる辞典　太平洋戦争研究会　平成17年9月8日

日本歴史地名大系第二巻　青森県の地名　下中邦彦　昭和57年7月10日

みちのく双書第十五集　新撰陸奥国誌第一巻　青森県文化財保護協会　昭和39年10月

青森縣地誌　青森縣教育會　大正9年7月30日

青森縣総覧　杉森文雄　昭和3年11月10日

青森県史資料編　近現代Ⅰ　青森県史編さん近現代部会　平成14年3月31日

青森市史別冊雪中行軍遭難六〇周年誌　青森市史編纂室　昭和57年2月25日

青森市史別冊歩兵第五聯隊八甲田山雪中行軍遭難六十周年誌　青森市史編纂室　昭和38年5月10日

遭難実記雪中の行軍　福良竹亭　明治35年3月28日

八甲田山死の彷徨　四十七刷　新田次郎　昭和52年5月30日

私の創作ノート　読売新聞社　昭和48年6月15日

われ、八甲田より生還す　高木勉　昭和53年3月30日

吹雪の惨劇第一部　六版　小笠原弧酒　昭和52年5月31日

吹雪の惨劇第二部　八版　小笠原弧酒　昭和63年9月20日

雪中行軍記録写真特集（行動準備編）　小笠原弧酒　昭和55年8月30日

八甲田死の行軍真実を追う　三上悦雄　平成16年7月22日

新岡日記　鬼柳恵照編　昭和60年10月10日

新聞販売通史　東奥日報と百年間　福士力　昭和61年8月20日

書名	著者・編者	発行日
東奥日報百年史	東奥日報社	昭和63年8月6日
青森県史　資料編　近現代2	青森県史編さん近現代部会	平成15年3月3日
明治卅七八年日露戰史　第5巻	参謀本部編纂	大正2年9月25日
明治卅七八年日露戰史　第6巻	参謀本部編纂	大正3年7月30日
明治卅七八年日露戰史　第7巻	参謀本部編纂	大正2年12月22日
偕行社記事　第三百二十七號		明治36年12月5日
偕行社記事　臨時第四號		明治38年1月30日
歩兵第十五聯隊史	帝國聯隊史刊行会會	大正6年11月20日
歩兵第十五聯隊　日露戰役史	高崎聯隊日露戰役史編纂所	明治42年10月3日
検証日露戦争	読売新聞取材班	平成17年10月10日
歩兵三十二連隊史	帝國聯隊史刊行会會	大正8年9月30日
第八師團戦記	齋藤武男	明治42年11月3日
鴎外全集　第十七巻	森林太郎	大正13年12月21日
漱石全集　第八巻		昭和41年7月23日
征露の凱旋	多門二郎	昭和18年7月15日
斜陽と鐵血	津野田是重	大正15年1月6日
血の爆弾	田村友三郎	昭和6年6月19日
血痕	赤間安吉	大正15年12月26日
肉弾	櫻井忠温	明治39年4月25日
兵営事情	二瓶一次	大正9年7月25日
知識ゼロからの日清日露戦争入門	戸高一成　江川達也	平成21年10月25日
イラスト図解　日清・日露戦争	稲葉千晴	平成22年11月25日
常勝将軍・立見尚文（上下）	柘植久慶	平成20年8月7日
世界史としての日露戦争	大江志乃夫	平成13年10月15日
日露戦争（全八巻）	児島襄	平成6年4月10日
日露戦争　陸海軍、進撃と苦闘の五百日		平成15年10月1日
詳説日本史	石井進・五味文彦・笹山晴生・高埜利彦（ほか10名）	平成16年3月5日

●文書資料

勅令閣令省令告示　明治二十一年中　陸軍省　防衛省防衛研究所
貳大日記　明治三十二年九月　陸軍省　防衛省防衛研究所
乾　貳大日記　明治三十四年三月　陸軍省　防衛省防衛研究所
肆大日記　明治三十三年三月　陸軍省　防衛省防衛研究所
密大日記　明治二十九年　陸軍省　防衛省防衛研究所
大日記附録　明治三十五年歩兵第五聯隊雪中行軍遭難事件書類　陸軍省　防衛省防衛研究所
大日記附録　明治三十五年歩兵第五聯隊雪中行軍遭難事件書類　緊要文書　共三其三　陸軍省　防衛省防衛研究所
大日記附録　明治三十五年歩兵第五聯隊雪中行軍遭難事件書類　電報の部　共三其一　陸軍省　防衛省防衛研究所
大日記附録　明治三十五年歩兵第五聯隊雪中行軍遭難事件書類　報告の部　共三其二　陸軍省　防衛省防衛研究所
歩兵第五聯隊遭難に関する委員復命書附録　陸軍省　防衛省防衛研究所
歩兵第五聯隊遭難に関する取調委員復命書　陸軍省　防衛省防衛研究所
大臣官房　明治三十五年歩兵第五聯隊雪中行軍遭難に関する書類　陸軍省　防衛省防衛研究所
陸軍大臣官房　諸達通牒　明治四十年　陸軍省　防衛省防衛研究所
雑文書　明治三十二年　第八師団日報　陸軍省　防衛省防衛研究所
陸軍服装規則　附　勅令、省令、陸達　大日本陸海軍兵書出版　明治30年5月23日
遭難始末　歩兵第五聯隊　歩兵第五聯隊　明治35年7月23日
歩兵第五聯隊史　帝國聯隊史刊行會　大正7年12月28日
歩兵第五聯隊史　帝國在郷軍人會本部　昭和6年11月1日
歩兵第五聯隊史　栗田弘　昭和48年5月31日
日清戦役　第二軍戦闘詳報　陸軍省　防衛省防衛研究所
日露戦役　陸軍省　防衛省防衛研究所
陸軍衛生史　第1巻　衛生勤務（第4冊）　陸軍省　防衛省防衛研究所
海軍省公文備考　第3軍司令に与ふる訓令　海軍省　防衛省防衛研究所

●資料

明治三十五年一月廿日雪中行軍日記　間山仁助

八ッ甲嶽の思ひ出　泉舘久次郎　昭和10年1月24日
陸奥の吹雪　第五普通科連隊　昭和40年6月23日
十和田市立柏小学校　創立九十周年記念誌（八甲田山麓雪中行軍秘話）　協賛会記念誌編集委員会　昭和57年7月4日
復刻版西田源蔵著油川町誌　油川町・青森市合併五十周年記念事業協賛会町誌復刻委員会　平成1年8月27日
トムラウシ山遭難事故調査報告書　トムラウシ山遭難事故調査特別委員会　平成22年3月1日
気象データ（明治35年1月）　青森気象台
防衛館内　展示物　陸上自衛隊青森駐屯地

●新聞
秋田魁新報／朝日新聞／岩手日報／巌手毎日新聞／河北新聞／時事新報／日本／中央新聞／東奥日報／報知新聞／山形新聞／米沢新聞／読売新聞／萬朝報

装丁　三村 淳
カバー写真　歩兵第五聯隊『遭難始末』
写真は、第七哨所幕舎之景
本文写真　「青森市史別冊　歩兵第五聯隊八甲田山雪中行軍遭難六十周年誌」
歩兵第五聯隊『遭難始末』
大本營寫眞班撮影『日露戰役寫眞帖』第十二巻、第十九巻、第二十巻
日露戰役『旅順口要塞戰写真帳』（国立国会図書館デジタルコレクション）
青森市鳥瞰図（青森県立図書館デジタルアーカイブより）

＊遭難事故当時の陸軍省の文書、新聞、手記、その他参考文献などから引用した文は、カタカナ書きをひらがな書き、常用漢字、現代仮名遣いとし、難読な漢字にはルビを振り、読みやすいように句読点を打ちました。
＊今日の人権意識に照らして考えた場合、不適切と思われる語句や表現がありますが、本著作の時代背景とその文学的価値に鑑み、そのまま掲載してあります。

伊藤 薫（いとう・かおる）

1958年、青森県生まれの元自衛官。第5普通科連隊（青森）、青森地方連絡部、中央情報隊（市ヶ谷）などに勤務し、2012年10月、3等陸佐で退官。5連隊で八甲田演習を経験したことがきっかけとなり、歩兵第五連隊の遭難事故を調べ始める。著書に『八甲田山　消された真実』（山と溪谷社）がある。

生かされなかった八甲田山の悲劇

二〇一九年三月三十日　初版第一刷発行

著　者　伊藤　薫
発行人　川崎深雪
発行所　株式会社 山と溪谷社
〒一〇一-〇〇五一
東京都千代田区神田神保町一丁目一〇五番地
http://www.yamakei.co.jp/
■乱丁・落丁のお問合せ先
山と溪谷社自動応答サービス
電話　〇三-六八三七-五〇一八
受付時間　一〇：〇〇〜一二：〇〇、
　一三：〇〇〜一七：三〇（土日、祝日を除く）
■内容に関するお問合せ先
山と溪谷社
電話　〇三-六七四四-一九〇〇（代表）
■書店・取次様からのお問合せ先
山と溪谷社受注センター
電話　〇三-六七四四-一九一九
ＦＡＸ　〇三-六七四四-一九二七

印刷・製本　大日本印刷株式会社

ISBN978-4-635-17200-4